U0694851

浮生如梦

梁实秋——作品
齐白石——绘画

台海出版社

图书在版编目（CIP）数据

浮生如梦 / 梁实秋著 ; 齐白石画 . -- 北京 : 台海出版社，2018.8（2023.1重印）

ISBN 978-7-5168-2007-0

Ⅰ. ①浮… Ⅱ. ①梁… ②齐… Ⅲ. ①散文集一中国一现代 Ⅳ. ①I266

中国版本图书馆 CIP 数据核字（2018）第 147906 号

浮生如梦

著　　者：梁实秋
插　　画：齐白石

责任编辑：高惠娟　曹文静　　　　装帧设计：仙　境
责任印制：蔡　旭

出版发行：台海出版社
地　址：北京市东城区景山东街 20 号，邮政编码：100009
电　话：010 － 64041652（发行，邮购）
传　真：010 － 84045799（总编室）
网　址：www.taimeng.org.cn/thcbs/default.htm
E-mail：thcbs@126.com

经　销：全国各地新华书店
印　刷：玉田县昊达印刷有限公司
本书如有破损、缺页、装订错误，请与本社联系调换

开　本：880mm×1230mm　　1/32
字　数：164 千字　　印　张：10
版　次：2018 年 9 月第 1 版　　印　次：2023 年 1 月第 2 次印刷
书　号：ISBN 978-7-5168-2007-0

定　价：49.80 元

版权所有　翻印必究

齐白石《借山图册之秋渡图》

取之不尽用之不竭的清风明月，总要离开城市才能充分享受。而旅行本身固然有趣，却也多有不便。人生最难得的，是随遇而安。而这正是梁实秋先生性格里充满趣味的一部分。

齐白石《借山图册之垂钓图》

中国的文人画家，在山水画中寄托了隐逸超俗的思想，所以山水画的境界成了画家们人格的完美反映。梁实秋先生的话，与齐白石先生的画，在此完美交汇。

人是感情动物，总是会对自己朝夕相处的事物发生感情。梁实秋先生就是如此。不管住在哪儿，条件多简陋，只要住得久了，他就舍不得搬走。如图这种竹篱茅舍，相信梁先生也能「自甘心」。

齐白石《大好园林图》

齐白石《灯鼠图》

梁实秋先生在《雅舍》一文里说雅舍简陋，“入夜则鼠子瞰灯”。鼠子之所以瞰灯，是因为过去的油灯常常用的是豆油、麻油等油料而非后来的煤油，可以当作食物，故此才有“小老鼠上灯台，偷油吃下不来”的民谣流传。白石老人此画中老鼠紧盯灯焰，看来蓄势待发，即将出手了。

齐白石《牵牛竹鸡图》

一幅酣畅泼墨画，墨色浓淡之间充分表达了画家笔下控制水墨的技巧，已使得画面本身值得赏玩，而画上的题款，则有可能体现画家的意趣，使这幅画变得更加意味深长。这是梁先生在书中讲到的赏画之法。白石老人此画用笔遒劲苍老、色彩鲜艳明丽，有着清新鲜活的田园气息和明快稚拙的意趣。

齐白石《老菊图》

梁先生说，真正理想的旅伴是不易得的。他不能太脏也不能有洁癖，不能太沉默也不能太话痨。要有说有笑，有动有静。因为可遇而不可求，所以我们往往要独对良辰美景。但有好花可看，好茶可品，也不算寂寞了吧。

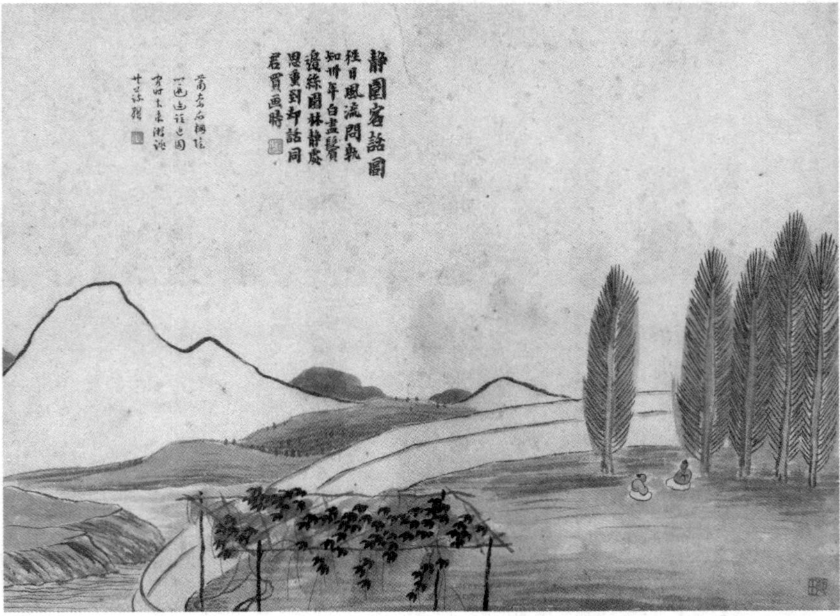

齐白石《静园客话图》

请人到家里来作客是个麻烦事儿。梁实秋在《请客》一文里妙趣横生地讲述了请客时会出现的问题：名单组合、买菜烧菜、位置排列、饭后清洗……说起来，多人聚会远不如两三知己清谈，正如这幅画里，两人坐于树下畅聊半日，可抵十年尘梦。

齐白石《槐荫莫蝉图》

梁实秋说：“我不愿送人，亦不愿人送我。”他最赏识的心情，是“你走，我不送你；你来，无论多大风多大雨，我要去接你。”因为送别总是令人伤感，相见却是欢愉的。白石老人这幅《槐荫莫（暮）蝉图》中，一人倚栏独望，不知是否刚刚送别友人，临风怅然呢？

“假如一个人独自升天，看见宇宙的大观，群星的美丽，他并不能感到快乐，他必要找到一个人向他述说他所见到的奇景，他才能快乐。”共享快乐，比共受患难，应该是更正常的友谊中的趣味。白石老人这幅图中带着童子独赏风景的长者，悠然自得的背影中，似乎也透出了一丝落寞。

齐白石《自造稿图》

大抵物以类聚，人以群分。臭味相投，方能永以为好。交朋友也讲究门当户对，纵不必像九品中正那么严格，也自然有个界线。朋友之间，是以「同声相应，同气相求」作为根本原则而聚合起来的。正如这画中的两位好酒老翁，相对而饮，尤为快乐。

齐白石《老翁好酒图》

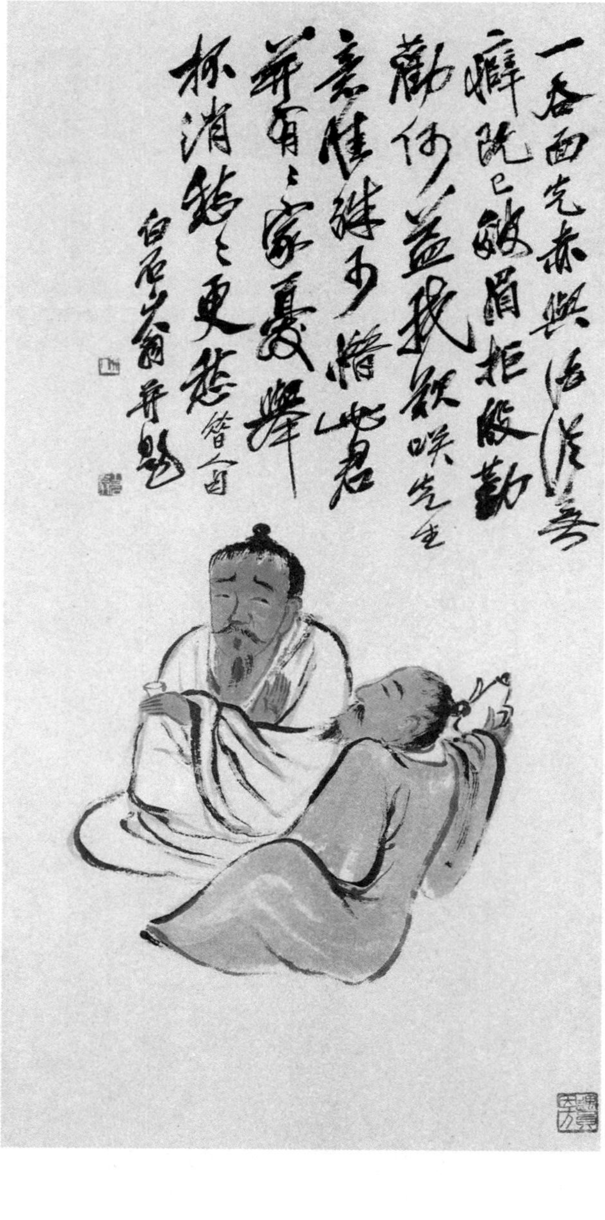

齐白石《二十四景之竹院围棋图》

梁实秋不喜欢善于说应酬话的人。谈天应该有一定的趣味和知识性，只在一起“今天天气哈哈哈”，是对时间的浪费，也是对智力的谋杀。看白石老师这幅《二十四景之竹院围棋图》里三位用“手谈”代替了聊天的朋友，大概是会避开了这个问题的吧。

齐白石《无量寿佛图》

梁实秋先生说，「脸都是后来自己作践坏了的。」林肯也说过，过了四十岁，人就该为自己的相貌负责。因为脸不仅是五官的组合，更是气质的体现。白石老人这幅图里，无量寿佛的相貌就处处流露出长期修行者的慈悲和优雅。

齐白石《猫图》

梁实秋在《聋》里说，西方谚语有云“聋得像一只白猫”。科学研究也已经证明，72% 的白猫确实是聋的。优雅的白猫居然常常有这样的缺憾，也许造物主天生就不倾向于完美吧。

廉说起来简单，不过就是不取用公家之物而已，做起来却极难。佛家说诸戒之中，盗戒最难守，就是因为它非常容易触犯——因私事用公家一张纸也是犯了盗戒。如此就不难理解梁实秋《廉》一文中谈到的种种了。能从一张纸、一条鱼开始守廉，是极难极难的呀。

齐白石《鱼虾欢戏图》

齐白石《荷花蜻蜓图》

莲实在是中国人的恩物。花可赏，叶可裹物蒸饭，莲蓬、莲藕可食。梁实秋记忆里，也有一份“洒上红糖汁、玫瑰木樨，淡紫色，样子实在令人馋涎欲滴”的糯米藕。荷花也是齐白石经常描绘的题材之一。此画的荷花清新淡雅，鲜艳欲滴，蜻蜓神韵生动，栩栩如生，观之令人忘俗。

齐白石《螳螂谷穗图》

梁实秋儿时，喝腊八粥是北京一般人家的一件大事。当时会用五谷杂粮如小米、红豆、老鸡头、薏仁米，以及粥果如白果、栗子、胡桃、红枣、桂圆肉之类熬煮腊八粥。现在的腊八粥里，倒是很少看见小米了。白石老人这幅《螳螂谷穗图》里，小米穗子累累垂垂，眼看就要成熟了，估计会丰收吧。

梁实秋说：「人之最馋的时候是在想吃一样东西而又不可得的那一段期间。」令人不禁想起曹操「望梅止渴」的故事。齐白石这幅《葡萄藤图》葡萄藤缠蔓绕，果实累累，令人喜爱。画上题诗「石家金谷今何在，魏氏流涎那足论」，更是有趣。

齐白石《葡萄藤图》

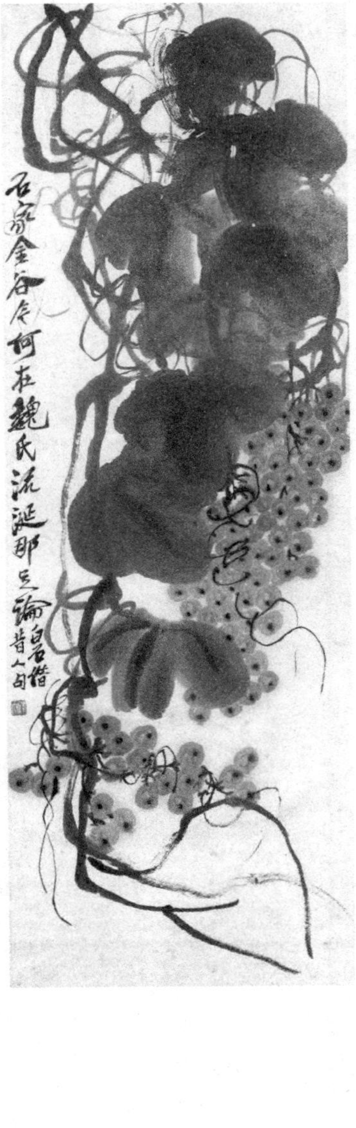

齐白石《蒲扇茶具图》

茶是中国人的饮料，口干解渴，唯茶是尚。凡是有中国人的地方就有茶。人无贵贱，谁都有份，上焉者细啜名种，下焉者牛饮茶汤，甚至路边埂畔还有人奉茶。梁实秋先生说最好的茶具还是盖碗，但看白石老人这两个茶杯，也有一种恬淡随意的心境。大抵，喝茶最重要的还是心情吧。

齐白石《菊酒延年图》

梁实秋认为，《菜根谭》里所谓“花看半开，酒饮微醺”的趣味，才是最令人低回的境界。而齐白石常把菊花和酒画在一起，寓意“菊酒延年”。菊花在万物萧疏的秋天开放，喻年高而体健；酒则与贺岁、祝寿相关，与菊花一样皆寓有长寿之意。持酒观花，赏心乐事。

齐白石《食蟹图》

食蟹不但是痛快的事，也是风雅的事。食蟹一定要辅以白酒，因蟹性寒，需用白酒来驱寒。梁实秋在北平时，每至秋季，全家上下必会大吃几顿河蟹，想来是极为过瘾的。白石老人这幅画里，蟹是已经煮熟了的，酒也备好了，只等动手品尝了。

鸡作为一种重要家禽，与人类的生活极为密切。梁实秋在本书中虽未重点描述，却也提到了斗鸡、吃烤鸡等事。古人说鸡有“五德”：头有冠，文德；足有距能斗，武德；敌前敢拼，是勇德；有食物招呼同类，仁德；守夜不失时，天明报晓，是信德。加之“鸡”与“吉”同音，因此也经常入画。白石老人这幅吉祥图里的大公鸡，堪称威风凛凛。

齐白石《吉祥图》

齐白石《仿徐渭紫藤花》

中国人讲究应季而食。好吃的东西都有个季节，逢时按节地享受一番，会因自然调节而不逾矩。春天紫藤花开了，就吃藤萝饼；玫瑰花开了，就吃玫瑰饼，美味又风雅。齐白石这幅紫藤花开得正盛，拿来做饼，想必是极好的。

齐白石《虾图》

「我们北方人，饭桌上没有鱼虾，烩虾仁、熘鱼片是馆子里的菜。」梁实秋儿时，南北方饮食的界限还很明显，现在因为鱼虾供应的普遍，北方饭桌上的鱼虾也变成了常见菜。齐白石画虾是画坛一绝，这幅画中的虾灵动活泼，栩栩如生，神韵充盈，晶莹剔透。

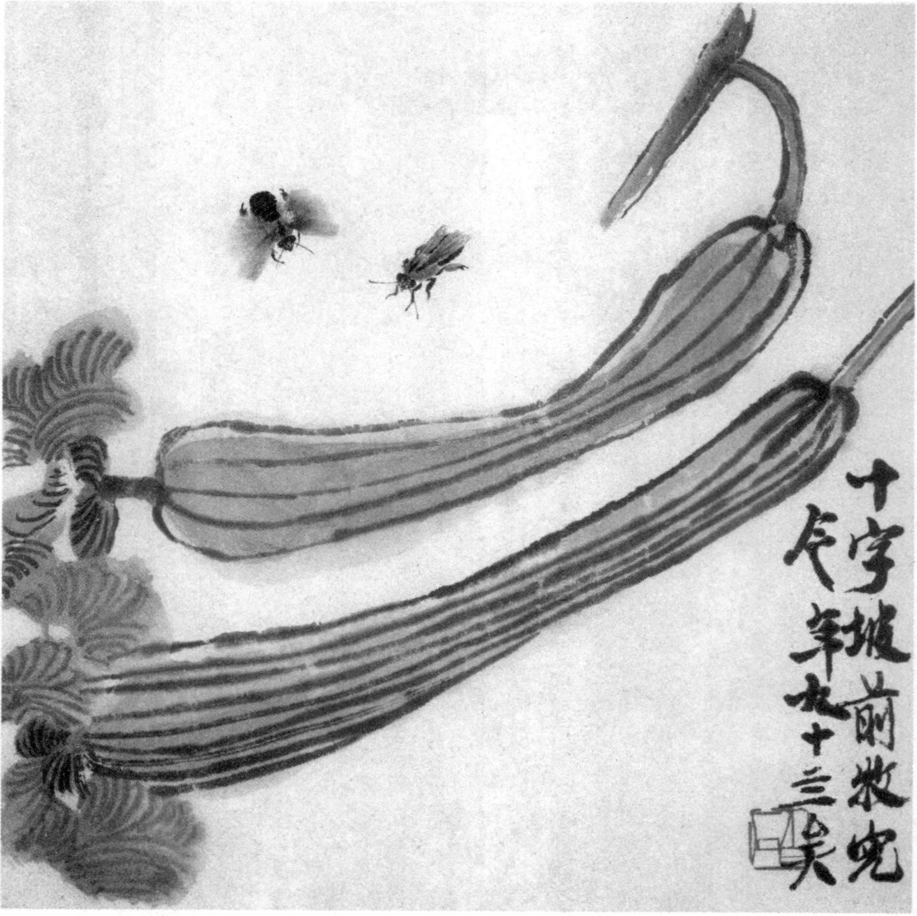

齐白石《长瓜图》

梁实秋原籍是浙江杭州人，却出生于北京，实际上是个地道的北京人。后来年纪越大，越是怀念故乡故人故事。这是一种共通的情感，出生于湖南湘潭乡下的齐白石，后来也不断怀念起自己当年放牛的十字坡。这幅《长瓜图》的题字“十字坡前牧儿今年九十三矣”，令人百感交集。

齐白石《石榴图》

梁实秋在北平的故居院子里有四大盆石榴树，花开似火，结实大而且多，成为他的乡愁之一。成熟的石榴果晶莹美丽，味美多汁，又因有“多子多福”的寓意，备受传统画家们喜爱。本画中这两颗石榴已经成熟到裂开口子，露出了石榴籽，令人口舌生津，垂涎三尺。

齐白石《一白高天下》

南方人说起北方的冬天下雪，总是雀跃向往，梁实秋却在文章里说：「说起冬天，不寒而栗。」因为实在冷得可怕。在取暖全靠煤炭和木柴的过去，冬日是很难熬的。但雪景毕竟还是美，这幅《一白高天下》的恬静、高雅、温馨，依然让人心向往之……

齐白石《山茶花图》

梁实秋在美国西雅图居住时，见过许多种花。茶花（即山茶花）也是其中一种。山茶花原产于中国，与迎春、梅花、水仙一起，被称为“花中四友”。齐白石画茶花，则不仅因其美，还寄托着他思乡的情思。梁先生见茶花时，亦思念故乡否？

究竟是“月亮是外国的圆”，还是“月是故乡圆”呢？身在故乡时总向往别处，而到了异域又思念着故土，这就是人的矛盾性吧。那么，不用想那么多，且来享受这月色、这夜晚……

齐白石《二十四景之湖桥泛月图》

梁实秋说：“老不必叹，更不必讳。花有开有谢，树有荣有枯。人吃到老，活到老，经过多少狂风暴雨惊涛骇浪，还能双肩承一喙，俯仰天地间，应该算是幸事。”国人一向认为长寿是幸事，国画里也常将猫与蝶画在一起，谐音“耄耋（高寿老人）”以祝寿。能自然而健康地老去，确实是福分。

齐白石《耄耋图》

齐白石《百寿图》

梁实秋写《想我的母亲》时，也已暮年，对曾感受到的母爱，犹自念念不忘。母爱确实是人生中最珍贵的情感之一，回忆起父母养育自己的辛劳，又有谁能无动于衷呢？白石老人这幅《百寿图》，描绘的正是年轻母亲抱着调皮幼子的动人一幕。

编者序

1986年，梁实秋先生花了30年工夫呕心沥血完成的译著《莎士比亚全集》终于上市了。在庆功会上，人们连连向梁先生道贺，岂料他看似傲娇实则自嘲地说：“要翻译《莎士比亚全集》必须具备三个条件：第一，他必须没学问，如果有学问，他就去做研究啦；第二，他必须不是天才，如果是天才，他就去写小说、诗和戏剧了；第三，他必须活得相当久，否则就无法翻译完。很侥幸，这三个条件我都具备，所以我才完成了这部巨著的翻译工作。”梁先生居功不骄，朴实的言语中裹挟着几分令人惊艳的幽默，引来了满堂的笑声和掌声。

梁实秋，原名梁治华，字实秋，1903年1月6日出生于北京。中国现当代著名的散文家、学者、文学批评家、翻译家，国内第一个研究莎士比亚的权威，更是一位学贯中西的文章大家。他一生笔耕不辍，为我们留下了两千多万字的著作，可谓惊人。

梁实秋先生既有扎实的传统国学基础，又具备高超的西方文学造诣，他将欧美文学的率直、严密，汉文学的古朴、凝练，北京方言的亲切、平白、风趣，一起熔炼于笔端，铸就出一种具有鲜活生命力的文字风格。他的散文，多从生活中的细微处着眼，充满着随缘任运的禅学智慧，通俗中更见通透，直指人心，俯拾即是的幽默常常令读者捧读之余，忍俊不禁。

有人评价说，梁先生的幽默，自然内敛而中正平和。比如：他称打麻将为“上肢运动”“蛙式游泳”；形容女人多变，“即便是一个小小的别针位置也常变，午前在领扣上，午后也许移到了头发上”“外国女人的帽子，可以是一根鸡毛，可以是半只铁锅，或者是一个畚箕”；他在《骂人的艺术》中，提及种种“骂法”，但“别人有着种短处，而足下也正有同病，那么你在骂他的时候，只得割爱”；又比如：有人在影剧院看电影时，常旁若无人地抖动大腿，对这种不守公德的现象，梁实秋写道：“忽然觉得身下坐着的椅子颤动起来，颤动之快慢急徐，恰好令你觉得他讨厌。大概是轻微地震呢？左右探察震源，忽然又不颤动了。在你刚收起心来继续看电影的时候，颤动又来了。”把如此幽默风趣、毫不居高临下的戏谑，以君子谦谦、温情款款的姿态娓娓道来，尤其引人捧腹。不得不说，这位饮誉四海、学贯中西的大师，对生活有着敏锐而深刻的洞察。

这本《浮生如梦》，正是基于梁先生对世间万象的深刻洞察和精准评说，架构而出的阅读谱系。他的幽默，是看透了俗世的小奸小恶，依然保持人性美好纯良的豁达，是随缘喜乐、不宠无惊的从容，更是对人间美好挚爱不舍，一往情深的觉悟。编者在梁先生浩如烟海的文字世界里，拾贝撷英，力求从生活、社交、饮食、人生四方面梳理出一条潜在的文化脉络，以原汁原味的梁氏幽默和通透朴厚的生命智慧，打通当代读者的生存焦虑，激发正知正见，体验幸福人生。

梁先生说，“花看半开，酒饮微醺”的趣味，才是最令人低徊的境界。愿在这如梦的浮世中，有缘打开这本书的读者朋友，亦能在梁先生的文字漪澜里，不觉莞尔似花半开，会心有得如酒微醺。

午歌

2018 年 5 月

目 录

生活 · 悠然见南山

社交·往来无白丁

饮食·但爱鲈鱼美

人生·浮生如梦

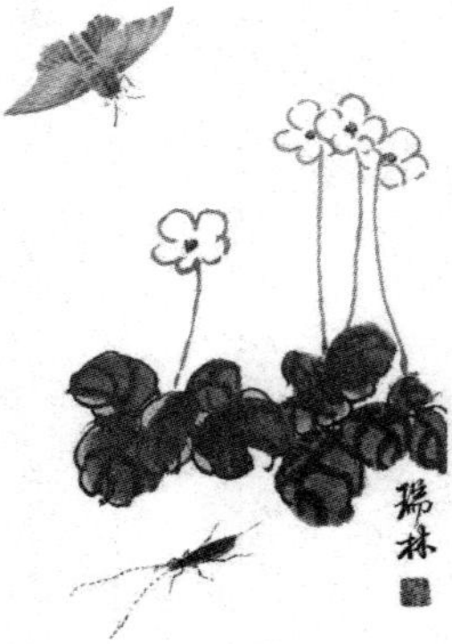

生活·悠然见南山

雅舍

到四川来，觉得此地人建造房屋最是经济。火烧过的砖，常常用来做柱子，孤零零地砌起四根砖柱，上面盖上一个木头架子，看上去瘦骨嶙嶙，单薄得可怜；但是顶上铺了瓦，四面编了竹篦墙，墙上敷了泥灰，远远地看过去，没有人能说不像是座房子。我现在住的“雅舍”正是这样一座典型的房子。不消说，这房子有砖柱，有竹篦墙，一切特点都应有尽有。讲到住房，我的经验不算少，什么“上支下摘”“前廊后厦[①]”“一楼一底”“三上三下”“亭子间”“茅草棚”“琼楼玉宇”和“摩天大厦”，各式各样，我都尝试过。我不论住在哪里，只要住得稍久，对那房子便发生感情，非不得已我还舍不得搬。这“雅舍”，我初来时仅求其能蔽风雨，并不敢存奢望，现在住了两个多月，我的好感油然而生。虽然我已渐渐

① 前廊后厦：前面是回廊，后面是房子。“厦”是指大屋子。

感觉它是并不能蔽风雨，因为有窗而无玻璃，风来则洞若凉亭，有瓦而空隙不少，雨来则渗如滴漏。纵然不能蔽风雨，“雅舍”还是自有它的个性。有个性就可爱。

“雅舍”的位置在半山腰，下距马路约有七八十层的土阶。前面是阡陌螺旋的稻田。再远望过去是几抹葱翠的远山，旁边有高粱地，有竹林，有水池，有粪坑，后面是荒僻的榛莽[①]未除的土山坡。若说地点荒凉，则月明之夕，或风雨之日，亦常有客到，大抵好友不嫌路远，路远乃见情谊。客来则先爬几十级的土阶，进得屋来仍须上坡，因为屋内地板乃依山势而铺，一面高，一面低，坡度甚大，客来无不惊叹，我则久而安之，每日由书房走到饭厅是上坡，饭后鼓腹而出是下坡，亦不觉有大不便处。

“雅舍”共是六间，我居其二。篦墙不固，门窗不严，故我与邻人彼此均可互通声息。邻人轰饮作乐，咿唔诗章，喁喁细语，以及鼾声，喷嚏声，吮汤声，撕纸声，脱皮鞋声，均随时由门窗户壁的隙处荡漾而来，破我岑寂。入夜则鼠子瞰[②]灯，才一合眼，鼠子便自由行动，或搬核桃在地板上顺坡而下，或吸灯油而推翻烛台，或攀援而上帐顶，或在门框桌脚上磨牙，使得人不得安枕。

① 榛莽：丛杂的草木，也比喻艰危，荒乱。

② “瞰”是窥视的意思，就是到了晚上，小老鼠就在暗处悄悄窥视床头的灯火——只要灯火灭，人合眼，就都跑出来到处行动了。

但是对于鼠子，我很惭愧地承认，我“没有法子”。“没有法子”一语是被外国人常常引用着的，以为这话最足代表中国人的懒惰隐忍的态度。其实我的对付鼠子并不懒惰。窗上糊纸，纸一戳就破；门户关紧，而相鼠有牙[①]，一阵咬便是一个洞洞。试问还有什么法子？洋鬼子住到“雅舍”里，不也是“没有法子”？比鼠子更骚扰的是蚊子。“雅舍”的蚊风之盛，是我前所未见的。“聚蚊成雷”真有其事！每当黄昏时候，满屋里磕头碰脑的全是蚊子，又黑又大，骨骼都像是硬的。在别处蚊子早已肃清的时候，在“雅舍”则格外猖獗，来客偶不留心，则两腿伤处累累隆起如玉蜀黍[②]，但是我仍安之。冬天一到，蚊子自然绝迹，明年夏天——谁知道我还是住在“雅舍”！

“雅舍”最宜月夜——地势较高，得月较先。看山头吐月，红盘乍涌，一霎间，清光四射，天空皎洁，四野无声，微闻犬吠，坐客无不悄然！舍前有两株梨树，等到月升中天，清光从树间筛洒而下，地上阴影斑斓，此时尤为幽绝。直到兴阑人散，归房就寝，月光仍然逼进窗来，助我凄凉。细雨蒙蒙之际，“雅舍”亦复有趣。推窗展望，俨然米氏章法[③]，若云若雾，一片弥

① 出自《诗经·鄘风·相鼠》：“相鼠有齿，人而无止。”意思是“看那老鼠有牙齿”。

② 玉蜀黍：玉米。

③ 米氏章法：米氏指北宋书法家、画家米芾。他擅长画平淡天然、烟云掩映的江南山水，被称为“米氏云山”。

漫。但若大雨滂沱，我就又惶悚不安了，屋顶湿印到处都有，起初如碗大，俄而扩大如盆，继则滴水乃不绝，终乃屋顶灰泥突然崩裂，如奇葩初绽，砉然[①]一声而泥水下注，此刻满室狼藉，抢救无及。此种经验，已数见不鲜。

“雅舍”之陈设，只当得简朴二字，但洒扫拂拭，不使有纤尘。我非显要，故名公巨卿之照片不得入我室；我非牙医，故无博士文凭张挂壁间；我不业理发，故丝织西湖十景以及电影明星之照片亦均不能张我四壁。我有一几一椅一榻，酣睡写读，均已有着，我亦不复他求。但是陈设虽简，我却喜欢翻新布置。西人常常讥笑妇人喜欢变更桌椅位置，以为这是妇人天性喜变之一征。诬否且不论，我是喜欢改变的。中国旧式家庭，陈设千篇一律，正厅上是一条案，前面一张八仙桌，一旁一把靠椅，两旁是两把靠椅夹一只茶几。我以为陈设宜求疏落参差之致，最忌排偶。“雅舍”所有，毫无新奇，但一物一事之安排布置俱不从俗。人入我室，即知此是我室。笠翁《闲情偶寄》之所论，正合我意。

“雅舍”非我所有，我仅是房客之一。但思“天地者万物之逆旅”，人生本来如寄，我住“雅舍”一日，“雅舍”即

① 砉（huā）然：属于象声词，多形容破裂声、折断声、开启声、高呼声。

一日为我所有。即使此一日亦不能算是我有，至少此一日“雅舍”所能给予之苦辣酸甜，我实躬受亲尝。刘克庄词：“客里似家家似寄。”我此时此刻卜居“雅舍”，“雅舍”即似我家。其实似家似寄，我亦分辨不清。

长日无俚[①]，写作自遣，想写随写，不拘篇章，冠以“雅舍小品”四字，以示写作所在，且志因缘。

① 俚：本意为聊、赖。无俚即无聊。

书房

书房，多么典雅的一个名词！很容易令人联想到一个书香人家。书香是与铜臭相对的。其实书未必香，铜亦未必臭。周彝商鼎①，古色斑斓，终日摩挲亦不觉其臭，铸成钱币才沾染市侩味，可是不复流通的布泉、刀错②又常为高人赏玩之资。书之所以为香，大概是指松烟油墨印上了毛边连史③，从不大通风的书房里散发出来的那一股怪味，不是桂馥兰薰，也不是霉烂馊臭，是一股混合的难以形容的怪味。这种怪味只有书房里才有，而只有士大夫人家才有书房。书香人家之得名大概是以此。

寒窗之下苦读的学子多半是没有书房，囊萤凿壁的就更

① 商朝制造的鼎器，就叫“商鼎”。

② 布泉、刀错：王莽新朝时期、北周武帝时期分别发行过铸有“布泉”二字的金属货币。刀错又名错刀，亦为王莽所铸钱币。后均成为中国古钱币的代称。

③ 毛边、连史：毛边纸，是用竹纤维制成的淡黄色纸张，受到明代藏书家毛晋的喜爱，曾大量订购并在纸边上盖上“毛”字印章，后世遂称其为毛边纸。连史纸，又称连四纸、连泗纸，也是一种质量极好的竹纸。

不用说。所以对于寒苦的读书人，书房是可望而不可即的豪华神仙世界。伊士珍《琅嬛记[①]》：“张华游于洞宫，遇一人引至一处。别是天地，每室各有奇书，华历观诸室书，皆汉以前事，多所未闻者，问其地，曰：‘琅嬛福地也。’”这是一位读书人希求冥想一个理想的读书之所，乃托之于神仙梦境。其实除了赤贫的人饔飧[②]不继谈不到书房外，一般的读书人，如果肯要一个书房，还是可以好好布置出一个来的。有人分出一间房子来养鸡，也有人分出一间房子养狗，就是匀不出一间做书房。我还见过一位富有的知识分子，他不但没有书房，也没有书桌，我亲见他的公子趴在地板上读书，他的女公子用一块木板在沙发上写字。

一个正常的良好的人家，每个孩子应该拥有一个书桌，主人应该拥有一间书房。书房的用途是庋藏[③]图书并可读书写作于其间，不是用以公开展览藉以骄人的。“丈夫拥书万卷，何假南面百城！”这种话好像是很潇洒而狂傲，其实是心尚未安无可奈何的解嘲语，徒见其不丈夫。书房不在大，亦不在设

① 《琅嬛记》：中国古典小说，题名元代伊士珍撰写，也有研究表明为明朝人桑怿伪托。全书共三卷。第一篇记载琅嬛福地的传说，遂以琅嬛记命名。

② 饔飧：1.做饭，也指早饭和晚饭；2.饭食的意思。3.指馈食及宴饮之礼。

③ 庋藏：收藏、置放。

备佳，适合自己的需要便是。局促在几尺宽的走廊一角，只要放得下一张书桌，依然可以作为一个读书写作的工厂，大量出货。光线要好，空气要流通，红袖添香是不必要的，既没有香，“素腕举，红袖长”反倒会令人心有别注。书房的大小好坏，和一个读书写作的成绩之多少高低，往往不成正比例。有好多著名作品是在监狱里写的。

我看见过的考究的书房当推宋春舫先生的楬木庐①为第一，在青岛的一个小小的山头上，这书房并不与其寓邸相连，是单独的一栋。环境清幽，只有鸟语花香，没有尘嚣市扰。《太平清话》：“李德茂环积坟籍②，名曰书城。”我想那书城未必能和楬木庐相比。在这里，所有的图书都是放在玻璃柜里，柜比人高，但不及栋。我记得藏书是以法文戏剧为主。所有的书都是精装，不全是 buckram（胶硬粗布），有些是真的小牛皮装订（half calf，ooze calf，etc）③，烫金的字在书脊上排着队闪闪发亮。也许这已经超过了书房的标准，微近于藏书楼的

① 楬木庐：楬（jié）木庐，位于青岛，是宋春舫的藏书楼，主藏国外戏剧书刊，20世纪30年代蜚声海内外。宋春舫（1892—1938），浙江吴兴人，王国维的表弟，剧作家、戏剧理论家，著名藏书家。曾任北京大学、清华大学教授。

② 坟籍：古代的典籍。

③ half calf 意为半小牛皮装订，ooze calf 意为植鞣绒面小牛皮装订，二者均为欧洲常用精装书装订方法。

性质，因为他还有一册精印的书目，普通的读书人谁也不会把他书房里的图书编目。

周作人先生在北平八道湾的书房，原名苦雨斋，后改为苦茶庵，不离苦的味道。小小的一幅横额是沈尹默写的。是北平式的平房，书房占据了里院上房三间，两明一暗。里面一间是知堂老人读书写作之处，偶然也延客品茗，几净窗明，一尘不染。书桌上文房四宝井然有致。外面两间像是书库，约有十个八个书架立在中间，图书中西兼备，日文书数量很大。真不明白苦茶庵的老和尚怎么会掉进了泥淖一辈子洗不清！

闻一多的书房，和“闻一多先生的书桌”一样，充实、有趣而乱。他的书全是中文书，而且几乎全是线装书。在青岛的时候，他仿效青岛大学图书馆庋藏中文图书的办法，给成套的中文书装制蓝布面，用白粉写上宋体字的书名，直立在书架上。这样的装备应该是很整齐可观，但是主人要作考证，东一部西一部的图书便要从书架上取下来参加獭祭[①]的行列了，其结果是短榻上、地板上，唯一的一把木根雕制的太师椅上，全

① 獭祭：又叫作獭祭鱼，最早出现于《礼记·月令》：“东风解冻，蛰虫始振，鱼上冰，獭祭鱼。”獭是一种两栖动物，喜欢吃鱼，经常将所捕到的鱼排列在岸上，从古人看来，这情形很像是在陈列祭祀的供品，所以就称之为獭祭鱼或獭祭。此处用来形容图书被陈列在主人面前待翻阅的情景。

都是书。那把太师椅玲珑帮硬，可以入画，不宜坐人，其实亦不宜于堆书，却是他书斋中最惹眼的一个点缀。

潘光旦在清华南院的书房另有一种情趣。他是以优生学专家的素养来从事我国谱牒学[①]研究的学者，他的书房收藏这类图书极富。他喜欢用书护，那就是用两块木板将一套书夹起来，立在书架上。他在每套书系上一根竹制的书签，签上写着书名。这种书签实在很别致，不知杜工部《将赴草堂途中有作》所谓“书签药裹封蛛网”的书签是否即系此物。光旦一直在北平，失去了学术研究的自由，晚年丧偶，又复失明，想来他书房中那些书签早已封蛛网了！

汗牛充栋，未必是福。丧乱之中，牛将安觅？多少爱书的人士都把他们苦心聚集的图书抛弃了，而且再也鼓不起勇气重建一个像样的书房。藏书而充栋，确有其必要，例如从前我家有一部小字本的图书集成，摆满上与梁齐的靠着整垛山墙的书架，取上层的书须用梯子，爬上爬下很不方便，可是充栋的书架有时仍是不可少。我来台湾后，一时兴起，兴建了一个连在墙上的大书架，邻居绸缎商来参观，叹曰：“造这样大的木架

① 谱牒学：一门专门研究家谱、族谱的学科。“家谱”是以表谱的形式记载家族世系繁衍和本族人员事迹的图书体裁。

有什么用，给我摆列绸缎尺头倒还合用。”他的话是不错的，书不能令人致富。书还给人带来麻烦，能像郝隆[①]那样七月七日在太阳底下晒肚子就好，否则不堪衣鱼[②]之扰，真不如尽量地把图书塞入腹笥，晒起来方便，运起来也方便。如果图书都能做成“显微胶片”纳入腹中，或者放映在脑子里，则书房就成为不必要的了。

① 郝隆：东晋名士，以博学多才著称。《世说新语·排调》载：郝隆七月七日日中仰卧，人问其故，答曰：“我晒书。”

② 衣鱼：亦称剪刀虫、蠹鱼、壁鱼、燕尾虫等。因为经常啃食书籍，是各地图书馆里普遍存在的重要档案图书文物害虫。

散步

《琅嬛记》云："古之老人，饭后必散步。"好像是散步限于饭后，仅是老人行之，而且盛于古时。现代的我，年纪不大，清晨起来盥洗完毕便提起手杖出门去散步。这好像是不合古法，但我已行之有年，而且同好甚多，不只我一人。

清晨走到空旷处，看东方既白，远山如黛，空气里没有太多的尘埃炊烟混杂在内，可以放心地尽量地深呼吸，这便是一天中难得的享受。据估计："目前一般都市的空气中，灰尘和烟煤的每周降量，平均每平方公里约为五吨，在人烟稠密或工厂林立的地区，有的竟达二十吨之多。"养鱼的都知道要经常为鱼换水，关在城市里的人真是如在火宅[①]，难道还不在每天清早从软暖习气中挣脱出来，服几口清凉散？

散步的去处不一定要是山明水秀之区，如果风景宜人，

① 火宅：佛教用语，多比喻充满众苦的尘世。《法华经·譬喻品》："三界无安，犹如火宅，众苦充满，甚可怖畏，常有生老病死忧患，如是等火，炽然不息。"

固然觉得心旷神怡，就是荒村陋巷，也自有它的情趣。一切只要随缘。我从前沿着淡水河边，走到萤桥，现在顺着一条马路，走到土桥，天天如是，仍然觉得目不暇接。朝露未干时，有蚯蚓，大蜗牛，在路边蠕动，没有人伤害它们，在这时候这些小小的生物可以和我们和平共处。也常见有被碾毙的田鸡野鼠横尸路上，令人触目惊心，想到生死无常。河边蹲踞着三三两两浣衣女，态度并不轻闲，她们的背上兜着垂头瞌睡的小孩子。田畦间伫立着几个庄稼汉，大概是刚拔完萝卜摘过菜。是农家苦，还是农家乐，不太好说。就是从巷弄里面穿行，无意中听到人家里的喁喁絮语，有时也能令人忍俊不禁。

六朝人喜欢服五石散，服下去之后五内如焚，浑身发热，必须散步以资宣泄。到唐朝时犹有这种风气。元稹诗“行药步墙阴”，陆龟蒙诗“更拟结茅临水次，偶因行药到村前”。所谓行药，就是服药后的散步。这种散步，我想是不舒服的。肚里面有丹砂雄黄白矾之类的东西作怪，必须脚步加快，走出一身大汗，方得畅快。我所谓的散步不这样的紧张，遇到天寒风大，可以缩颈急行，否则亦不妨迈方步，缓缓而行。培根有言：“散步利胃。”我的胃口已经太好，不可再利，所以我从不跄地趱路[1]。六朝人所谓“风神萧散，望之如神仙中人”，一

① 趱（zǎn）路：很快地赶路。

定不是在行药时的写照。

散步时总得携带一根手杖，手里才觉得不闲得慌。山水画里的人物，凡是跋山涉水的总免不了要有一根邛杖[①]，否则好像是摆不稳当似的。王维诗："策杖村西日斜。"村东日出时也是一样的需要策杖。一杖在手，无须舞动，拖曳就可以了。我的一根手杖，因为在地面摩擦的关系，已较当初短了寸余。手杖有时亦可作为武器，聊备不时之需，因为在街上散步者不仅是人，还有狗。不是夹着尾巴的丧家之狗，也不是循循然汪汪叫的土生土长的狗，而是那种雄赳赳的横眉竖眼张口伸舌的巨獒[②]，气咻咻地迎面而来，后面还跟着骑脚踏车的扈从[③]，这时节我只得一面退避三舍，一面加力握紧我手里的竹杖。那狗脖子上挂着牌子，当然是纳过税的，还可能是系出名门，自然也有权利出来散步。还好，此外尚未遇见过别的什么猛兽。唐慈藏大师"独静行禅，不避虎兕[④]"，我只有自惭定力不够。

散步不需要伴侣，东望西望没人管，快步慢步由你说，这不但是自由，而且只有在这种时候才特别容易领略到"前不见

① 邛杖：邛竹杖。利用罗汉竹制作而成，原产于四川邛崃是四川有名的工艺品。

② 獒：狗的一个种类，身体高大，性情凶猛，垂耳，长毛，能帮助人打猎，也可用于看门或警戒。

③ 扈从：随从。

④ 独静行禅，不避虎兕：在深山老林里的修行者，独自一个人静静地行禅（在一段路上来回地走），不管有没有老虎和兕（sì）兽（上古猛兽，形似水牛）。

古人，后不见来者”那种“分段苦”[①]的味道。天覆地载，孑然一身。事实上街道上也不是绝对的阒[②]无一人，策杖而行的不只我一个，而且经常有很熟的面孔准时准地地出现，还有三五成群的小姑娘，老远地就送来木屐声。天长日久，面孔都熟了，但是谁也不理谁。在外国的小都市，你清早出门，一路上打扫台阶的老太婆总要对你搭讪一两句话，要是在郊外山上，任何人都要彼此脱帽招呼。他们不嫌多事。我有时候发现，一个形容枯槁的老者忽然不见他在街道散步了，第二天也不见，第三天也不见，我真不敢猜想他是到哪里去了。

太阳一出山，把人影照得好长，这时候就该往回走。再晚一点便要看到穿蓝条睡衣睡裤的女人们在街上或是河沟里倒垃圾，或者是捧出红泥小火炉在路边呼呼地扇起来，弄得烟气腾腾。尤其是，风驰电掣的现代交通工具也要像是猛虎出柙[③]一般地露面了，行人总以回避为宜。所以，散步一定要在清晨。白居易诗：“晚来天气好，散步中门前。”要知道白居易住的地方是伊阙，是香山，和我们住的地方不一样。

① 分段苦：佛教用语。意指每个人都会根据自己的因果，在六道轮回中不断地生死。每次轮回就是一段生死之苦。

② 阒（qù）：形容寂静。

③ 柙（xiá）：关闭猛兽的笼槛，亦指押解犯人的囚笼或囚车。

麻将

我的家庭守旧，绝对禁赌，根本没有麻将牌。从小不知麻将为何物。除夕到上元开赌禁，以掷骰子状元红为限，下注三十几个铜板，每次不超过一二小时。有一次我斗胆问起，麻将怎个打法。家君正色曰："打麻将吗？到八大胡同[①]去！"吓得我再也不敢提起麻将二字。心里留下一个并不正确的印象，以为麻将与八大胡同有什么密切关联。

后来出国留学，在轮船的娱乐室内看见有几位同学作方城戏，才大开眼界，觉得那一百三十六张骨牌倒是很好玩的。有人热心指点，我也没学会。这时候麻将在美国盛行，很多美国人家里都备有一副，虽然附有说明书，一般人还是不易得其门而入。我们有一位同学在纽约居然以教人打牌为副业，电话

① 八大胡同：曾是花街柳巷的代名词。"八大胡同"在西珠市口大街以北、铁树斜街以南，由西往东依次为：百顺胡同、胭脂胡同、韩家胡同、陕西巷、石头胡同、王广福斜街（现棕树斜街）、朱家胡同、李纱帽胡同（现小力胡同）。

召之即去，收入颇丰，每小时一元。但是为大家所不齿，认为他不务正业，贻士林羞[①]。

科罗拉多大学有两位教授，姊妹俩，老处女，请我和闻一多到她们家里晚餐，饭后摆出了麻将，作为余兴。在这一方面我和一多都是属于“四窍已通其三”的人物——一窍不通，当时大窘。两位教授不能了解，中国人竟不会打麻将？当晚四个人临时参看说明书，随看随打，谁也没能规规矩矩地和下一把牌，窝窝囊囊地把一晚消磨掉了。以后再也没有成局。

麻将不过是一种游戏，玩玩有何不可？何况贤者不免。梁任公先生即是此中老手。我在清华念书的时候，就听说任公先生有一句名言：“只有读书可以忘记打牌，只有打牌可以忘记读书。”读书兴趣浓厚，可以废寝忘食，还有工夫打牌？打牌兴亦不浅，上了牌桌全神贯注，焉能想到读书？二者的诱惑力、吸引力有多么大，可以想见。书读多了，没有什么害处，顶多变成不更事的书呆子，文弱书生。经常不断地十圈二十圈麻将打下去，那毛病可就大了。有任公先生的学问风操，可以打牌，我们没有他那样的学问风操，不得藉口。

胡适之先生也偶然喜欢摸几圈。有一年在上海，饭后和

① 贻士林羞：给读书人、知识分子们带来羞耻。

潘光旦、罗隆基、饶子离和我，走到一品香开房间打牌。硬木桌上打牌，滑溜溜的，震天价响，有人认为痛快。我照例作壁上观[①]。言明只打八圈。打到最后一圈已近尾声，局势十分紧张。胡先生坐庄，潘光旦坐对面，三副落地，吊单，显然是一副满贯的大牌。“扣他的牌，打荒算了。”胡先生摸到一张白板，地上已有两张白板。“难道他会吊孤张？”胡先生口中念念有词，犹豫不决。左右皆曰：“生张不可打，否则和下来要包！”胡适先生自己的牌也是一把满贯的大牌，且早已听张，如果扣下这张白板，势必拆牌应付，于心不甘。犹豫了好一阵子，“冒一下险，试试看。”啪的一声把白板打了出去！“自古成功在尝试”，这一回却是“尝试成功自古无”了。潘光旦嘿嘿一笑，翻出底牌，吊的正是白板。胡先生包了。身上现钱不够，开了一张支票，三十几元。那时候这不算是小数目。胡先生技艺不精，没得怨。

抗战期间，后方的人，忙的是忙得不可开交，闲的是闷得发慌。不知是谁诌了四句俚词：“一个中国人，闷得发慌。两个中国人，就好商量。三个中国人，做不成事。四个中国人，麻将一场。”四个人凑在一起，天造地设，不打麻将怎么办？

① 作壁上观：壁：壁垒，古时军营四周的围墙。观：旁观。原指双方交战，自己站在壁垒上旁观。比喻置身事外，在旁不协助任何一方。

雅舍也备有麻将，只是备不时之需。有一回有客自重庆来，第二天就回去，要求在雅舍止宿一夜。我们没有招待客人住宿的设备，颇有难色，客人建议打个通宵麻将。在三缺一的情形下，第四者若是坚不下场，大家都认为是伤天害理的事。于是我也不得不凑一角。这一夜打下来，天旋地转，我只剩得奄奄一息，誓言以后在任何情形之下，再也不肯做这种成仁取义[①]的事。

麻将之中自有乐趣。贵在临机应变，出手迅速。同时要手挥五弦目送飞鸿[②]，有如谈笑用兵。徐志摩就是一把好手，牌去如飞，不假思索。麻将就怕“长考”[③]。一家长考，三家暴躁。以我所知，麻将一道要推太太小姐们最为擅长。在桌牌上我看见过真正春笋一般的玉指洗牌砌牌，灵巧无比。（美国佬的粗笨大手砌牌需要一根大尺往前一推，否则牌就摆不直！）我也曾听说某一位太太有接连三天三夜不离开牌桌的纪录，（虽然她最后崩溃以至于吃什么吐什么！）男人们要上班，就无法和女性比。我认识的女性之中有一位特别长于麻将，经常午间起

① 仁：同情，友爱。成仁：杀身以成仁德；义：公证合宜的道理或举动。取义：舍弃生命以取得正义。指为正义而牺牲生命。

② 出自嵇康诗《送秀才入军·其十四》，原意为一边用眼睛注视着往南方飞的大雁，一边用手弹着五弦琴。现多比喻手眼并用，得心应手。

③ 长考：经长时间思索才下一着棋，称为“长考”。现代我国比赛一般均有时间限制，大致一着棋考虑二三十分钟以上，称为“长考”。

床，午后二时一切准备就绪，呼朋引类，麻将开场，一直打到夜深。雍容俯仰，满室生春。不仅是技压侪辈，赢多输少。我的朋友卢冀野是个倜傥不羁的名士，他和这位太太打过多次麻将，他说："政府于各部会之外应再添设一个'俱乐部'，其中设麻将司，司长一职非这位太太莫属矣。"甘拜下风的不只是他一个人。

路过广州，耳畔常闻噼噼啪啪的牌声，而且我在路边看见一辆停着的大卡车，上面也居然摆着一张八仙桌，四个人露天酣战，行人视若无睹。餐馆里打麻将，早已通行，更无论矣。在台湾，据说麻将之风仍然很盛。有中国人的地方就有麻将，有些地方的寓公寓婆亦不能免。麻将的诱惑力太大。

王尔德说过："除了诱惑之外，我什么都能抵抗。"我不打麻将，并不妄以为自己志行高洁。我脑筋迟钝，跟不上别人反应的速度，影响到麻将的节奏。一赶快就出差池。我缺乏机智，自己的一副牌都常照顾不来，遑论揣度别人的底细，既不知己又不知彼，如何可以应付大局？打牌本是寻乐，往往是寻烦恼，又受气又受窘，干脆不如不打。费时误事的大道理就不必说了。有人说卫生麻将又有何妨？想想看，鸦片烟有没有卫生鸦片，海洛因有没有卫生海洛因？大凡卫生麻将，结果常是有碍卫生。起初输赢小，渐渐提升。起初是朋友，渐渐成赌友，一旦成为赌友，没有交情可言。我曾看见两位朋友，都是斯文中人，为了甲扣了乙一张牌，宁可自己不和而不让乙和，事后还扬扬得意，以牌示乙，乙大怒。甲说在牌桌上损人不利己的事是可以做的，话不投机，大打出手，人仰桌翻。我又记得另外一桌，庄家连和七把，依然手顺，把另外三家气得目瞪口呆面色如土，结果是勉强终局，不欢而散。赢家固然高兴，可是输家的脸看了未必好受。有了这些经验，看了牌局我就怕，作壁上观也没兴趣。何况本来是个穷措大[①]，“黑板上进来白板上出去”也未免太惨。

对于沉湎于此道中的朋友们，无论男女，我并不一概诅咒。其中至少有一部分可能是在生活上有什么隐痛，藉此忘忧，如同吸食鸦片一样久而上瘾，不易戒掉。其实要戒也很容易，把牌和筹码以及牌桌一起蠲除[②]，洗手不干便是。

① 穷措大：形容既贫寒且酸气的书生，含有轻慢之意

② 蠲（juān）除：意为免除。蠲除意亦为废除，免除。

下棋

有一种人我最不喜欢和他下棋，那便是太有涵养的人。杀死他一大块，或是抽了他一个车，他神色自若，不动火，不生气，好像是无关痛痒，使你觉得索然寡味。君子无所争，下棋却是要争的。当你给对方一个严重威胁的时候，对方的头上青筋暴露，黄豆般的汗珠一颗颗地在额上陈列出来，或哭丧着脸作惨笑，或咕嘟着嘴做吃屎状，或抓耳挠腮，或大叫一声，或长吁短叹，或自怨自艾口中念念有词，或一串串地噎嗝打个不休，或红头涨脸如关公，种种现象，不一而足，这时节你“行有余力”，便可以点起一支烟，或啜一碗茶，静静地欣赏对方的苦闷的象征。我想猎人追逐一只野兔的时候，其愉快大概略相仿佛。因此我悟出一点道理，和人下棋的时候，如果有机会使对方受窘，当然无所不用其极，如果被对方所窘，便努力做出不介意状，因为既然不能积极地给对方以苦痛，只好消极地减少对方的乐趣。

自古博弈并称，全是属于赌的一类，而且只是比“饱食终日无所用心”略胜一筹而已。不过弈虽小术，亦可以观人，相传有慢性人，见对方走当头炮，便左思右想，不知是跳左边的马好，还是跳右边的马好，想了半个钟头而迟迟不决，急得对方只好拱手认输。是有这样的慢性人，每一着都要考虑，而且是加慢地考虑，我常想这种人如加入龟兔竞赛，也必定可以获胜。也有性急的人，下棋如赛跑，噼噼啪啪，草草了事，这仍旧是饱食终日无所用心的一贯作风。下棋不能无争，争的范围有大有小，有斤斤计较而因小失大者，有不拘小节而眼观全局者，有短兵相接，作生死斗者，有各自为战而旗鼓相当者，有赶尽杀绝一步不让者，有好勇斗狠同归于尽者，有一面下棋一面诮骂者，但最不幸的是争的范围超出了棋盘，而拳足交加。有下象棋者，久而无声音，排闼[①]视之，阒不见人，原来他们是在门后角里扭做一团，一个人骑在另一个人的身上，在他的口里挖车呢。被挖者不敢出声，出声则口张，口张则车被挖回，挖回则必悔棋，悔棋则不得胜，这种认真的态度憨得可爱。我曾见过二人手谈，起先是坐着，神情潇洒，望之如神仙中人，

① 排闼（tà）：意为门，小门。排闼：推门，撞开门。

俄而棋势吃紧，两人都站起来了，剑拔弩张，如斗鹌鹑，最后到了生死关头，两个人跳到桌子上去了！

笠翁《闲情偶寄》说弈棋不如观棋，因观者无得失心，观棋是有趣的事，如看斗牛、斗鸡、斗蟋蟀一般，但是观棋也有难过处，观棋不语是一种痛苦。喉间硬是痒得出奇，思一吐为快。看见一个人要入陷阱而不作声是几乎不可能的事，如果说得中肯，其中一个人要厌恨你，暗暗地骂你一声“多嘴驴！”另一个人也不感激你，心想“难道我还不晓得这样走！”如果说得不中肯，两个人要一齐嗤之以鼻，“无见识奴！”如果根本不说，憋在心里，受病。所以有人于挨了一个耳光之后还要抚着热辣辣的嘴巴大呼“要抽车，要抽车！”

下棋只是为了消遣，其所以能使这样多人嗜此不疲者，是因为它颇合人类好斗的本能，这是一种“斗智不斗力”的游戏。所以瓜棚豆架之下，与世无争的村夫野老不免一枰[①]相对，消此永昼；闹市茶寮[②]之中，常有有闲阶级的人士下棋消遣，“不为无益之事，何以遣此有涯之生？”宦海里翻过身最后退隐东山的大人先生们，髀肉复生[③]，而英雄无用武之地，也只好闲来

① 枰：棋盘。

② 茶寮：茶馆。

③ 髀肉复生：此典故出自《三国志 · 蜀书 · 先主传》。髀肉为大腿肉。刘备因大腿肉长了出来，而哀叹生活安逸，事业无成。

对弈，了此残生，下棋全是“剩余精力”的发泄。人总是要斗的，总是要钩心斗角地和人争逐的。与其和人争权夺利，还不如在棋盘上多占几个官，与其招摇撞骗，还不如在棋盘上抽上一车。宋人笔记曾载有一段故事：“李讷仆射，性卞急，酷好弈棋，每下子安祥，极于宽缓，往往躁怒作，家人辈则密以弈具陈于前，讷睹，便忻然改容，以取其子布弄，都忘其恚矣。”（《南部新书》）。下棋，有没有这样陶冶性情之功，我不敢说，不过有人下起棋来确实是把性命都可置之度外。我有两个朋友下棋，警报作，不动声色，俄而弹落，棋子被震得在盘上跳荡，屋瓦乱飞，其中一位棋瘾较小者变色而起，被对方一把拉住：“你走！那就算是你输了。”此公深得棋中之趣。

写字

在从前，写字是一件大事，在“念背打”教育体系当中占一个很重要的位置，从描红模子的横平竖直，到写墨卷的黑大圆光，中间不知有多大艰苦。记得小时候写字，老师冷不防地从你脑后把你的毛笔抽走，弄得你一手掌的墨，这证明你执笔不坚，是要受惩罚的。这样恶作剧还不够，有的在笔管上套大铜钱，一个，两个，乃至三四个，摇动笔管只觉头重脚轻，这原理是和国术家[①]腿上绑沙袋差不多，一旦解开重负便会身轻似燕极尽飞檐走壁之能事，如果练字的时候笔管上驮着好几两重的金属，一旦握起不加附件的竹管，当然会龙飞蛇舞，得心应手了。写一寸径的大字，也有人主张用悬腕法[②]，甚至悬肘

① 国术：一般指武术，国术是民国对武术的称谓。

② 悬腕法：手腕悬起，手肘也离开桌面上书写的方式，称为“悬腕”。写字仅仅提腕还不能上下纵横自如地运笔。悬腕能使肩部松开，全身之力由于无所挂碍，才得集注毫端，点画方能劲健。

法[①]，写字如站桩，挺起腰板，咬紧牙关，正襟危坐，道貌岸然，在这种姿态中写出来的字，据说是能力透纸背。现代的人无须受这种折磨。“科举”已经废除了，只会写几个“行”“阅”“如拟”“照办”，便可为官。自来水笔代替了毛笔，横行左行也可以应酬问世，写字一道，渐渐地要变成“国粹”了。

当作一种艺术看，中国书法是很独特的。因为字是艺术，所以什么“永字八法”之类的说数，其效用也就和“新诗作法”“小说作法”相差不多，绳墨[②]当然是可以教的，而巧妙各有不同，关键在于个人。写字最容易泄露一个人的个性，所谓“字如其人”大抵不诬。如果每个字都方方正正，其人大概拘谨；如果伸胳臂拉腿的都逸出格外，其人必定豪放；字瘦如柴，其人必如排骨；字如墨猪，其人必近于“五百斤油”[③]。所以郑板桥的字，就应该是那样的倾斜古怪，才和他那吃狗肉傲公卿的气概相称，颜鲁公的字就应该是那样的端庄凝重，才和他的临难不苟的品格相合，其间无丝毫勉强。

在“文字国”里，需要写字的地方特别多，擘窠[④]大字至

① 悬肘：写字时臂肘空悬不着几案。

② 绳墨：指木工打直线的墨线。喻指规矩。

③ 五百斤油：过去写书法对墨也很讲究，具备“油性”的墨是较好的。“五百斤油”原为清朝书画家金农研制的一种好墨，极言其油性足。

④ 擘窠：写字、篆刻时，为求字体大小匀整，以横直界线分格，叫“擘（bò）窠”。擘窠大字就是指大字。

蝇头小楷，都有用途。可惜的是，写字的人往往不能用其所长，且常用错了地方。譬如，凿石摹壁的大字，如果不能使山川生色，就不如给当铺酱园写写招牌，至不济也可以给煤栈写“南山高煤”。有些人的字不宜在壁上题诗，改写春联或“抬头见喜”就合适得多。有的人写字技术非常娴熟，在茶壶盖上写“一片冰心”是可以胜任的，却偏爱给人题跋字画。中堂条幅对联，其实是人人都可以写的，不过悬挂的地点应该有个分别，有的宜于挂在书斋客堂，有的宜于挂在饭铺理发馆，求其环境配合，气味相投，如是而已。

“善书者不择笔”，此说未必尽然，秃笔写铁线篆，未尝不可，临赵孟頫《心经》就有困难。字写得坚挺俊俏，所用大概是尖毫。笔墨纸砚，对于字的影响是不可限量的。有时候写字的人除了工具之外还讲究一点特殊的技巧，最妙者无过于某公之一笔虎，八尺的宣纸，布满了一个虎字，气势磅礴，一气呵成，尤其是那一直竖，顶天立地的笔直一根杉木似的，煞是吓人。据说，这是有特别办法的，法用马弁①一名，牵着纸端，在写到那一竖的时候把笔顿好，喊一声“拉”，马弁牵着纸就往后扯，笔直的一竖自然完成。

① 马弁：古代男子戴的一种帽子。旧时称低级武官为马弁，后指当官的身边带的随从（特别是骑马时）。一直沿用到民国时期。

写字的人有瘾，瘾大了就非要替人写字不可，看着人家的白扇面，就觉得上面缺点什么，至少也应该有“精气神”三个字。相传有人爱写字，尤其是爱写扇子，后来腿坏，以至无扇可写；人问其故，原来是大家见了他就跑，他追赶不上了。如果字真写到好处，当然不需腿健，但写字的人究竟是腿健者居多。

看报

令早晨起来，盥洗完毕，就想摊开报纸看看。或是斜靠在沙发上，跷起一条腿，仰着脖子，举着报纸看。或是铺在桌面上，摘下老花眼镜，一目十行或十目一行地看。或是携进厕所，细吹细打翻来覆去地看。各极其态，无往不利。假使没有报看，这一天的秩序就要大乱，浑身不自在，像是硬断毒瘾所谓“冷火鸡”[①]。翻翻旧报纸看看，那不对劲，一定要热烘烘地刚从报馆出炉的当天的报纸看了才过瘾。报纸上有什么东西这样摄人魂魄令人倾倒？惊天动地的新闻、回肠荡气的韵事，不是天天有的。不过，大大小小的贪赃枉法的事件、形形色色的社会新闻，以及五花八门的副刊，多少都可以令人开胃醒脾，耳目一新。抛下报纸便可心安理得地去做一个人一天该做的事去了。有些人肝火旺，看了报上少不了的一些不公道的事、颟

① 冷火鸡：亦称“硬性脱毒法”，即不用任何药物和其他治疗，强制病人不吸毒，让戒断症状自行消除。

顸[①]糊涂的事、泄气的事、腌臜[②]的事，不免吹胡瞪眼，破口大骂。这也好，让他发泄一下免得积郁成疾。也有些人专门识小，何处失火、何人跳楼、何家遭窃、何人被绑，乃至于哪家的猪有五条腿、哪家的孩子有两个头，都觉得趣味横生，可资谈助。报纸的诱惑力实在太大了，怎可一日无此君？

我看报也有瘾。每天四五份报纸，幸亏大部分雷同，独家报道并不多，只有副刊争奇竞秀各有千秋，然而浏览一过摘要细看，差不多也要个把钟头。有时候某一报纸缺席，心里辄为之不快，但是想想送报的人长年的栉风沐雨[③]，也许有个头痛脑热，偶尔歇工，也就罢了。过阴历年最难堪，报馆休假好几天，一张半张地凑合，乏味之至。直到我自己也在报馆做一点事，才体会到报人也需要逢年轻松几天，这才能设身处地不忍深责。

报纸以每日三张为限，广告至少占去一半以上，这也有好处，记者先生省却不少编撰之劳，广告客户大收招徕生意之

① 颟顸（mān hān）：意思是糊涂而马虎，出自《官场现形记》。

② 腌臜：一种地方口语，意为不干净，肮脏的意思。用以形容环境、物件等的杂乱不堪、恶臭不洁净等。后引申可用为形容行为、动作等的龌龊，有悖道德良知的层面；也用于心里别扭、不痛快。

③ 栉风沐雨：栉（zhì）：梳头发。风梳发，雨洗头。形容人经常在外面不顾风雨地辛苦奔波。出自先秦·庄周《庄子·天下》：“沐甚雨，栉疾风”。

效，读者亦可节省一点宝贵时间。就是广告有时也很有趣。近年来结婚启事好像少了，大概是因为红色炸弹直接投寄收效较宏。可是讣闻[1]还是相当多，尤其是死者若是身兼若干董监事，则一排讣闻分别并列，蔚为壮观。不知是谁曾经说过："你要知道谁是走方郎中江湖用医嘛，打开报纸一索便得。"可是医师的广告渐渐少了，药物广告也不若以前之多了。密密麻麻的分类广告，其中藏龙卧虎，有时颇有妙文，常于无意中得之。

报纸以二张为限，也很好。看完报纸如何打发，是一个问题，沿街叫喊"酒干倘卖无"的人好像现已不常见。外国的报纸动辄一百多页，星期天的报纸多到五百页不算稀奇。报童送报无论是背负还是小车拉曳，都有不胜负荷之状。看完报纸之后通常是积有成数往垃圾桶里一丢，也有人不肯暴殄天物，一大批一大批地驾车送到指定地点做打纸浆之用。我们报纸张数少，也够麻烦，一个月积攒下来也够一大堆，小小几平方米的房间如何装得下？不知有人想到过没有，旧报纸可以拿去做纸浆，收物资循环之效。

从前老一辈的人，大概是敬惜字纸，也许是爱惜物资，看完报纸细心折叠，一天一沓，一月一捆，结果是拿去卖给小

① 讣闻：向亲友报丧的通知，多附有死者的事略。

贩，小贩拿去卖给某些店铺，作为包装商品之用。旧报纸如何打发固是问题，我较更关心的是，看报似乎也有看报的道德，无论在什么场合，看完报纸应该想到还有别人要看，所以应该稍加整理、稍加折叠。我不期望任谁看过报纸还能折叠得见棱见角，如军事管理之叠床被要叠得像一块豆腐干，那是陈义[①]过高近于奢望，但是我也看不得报纸凌乱地抛在桌上、椅上、地上，像才经过一场洗劫。

有一阵电视上映出两句标语：饭前洗手，饭后漱口。实在很好，功德无量。我发现看完报纸之后也要洗手。看完报纸之后十根手指像是刚搓完煤球。外国报纸好像污染得好一些，我不知道他们用的油墨是什么牌子的。

看报也常误事。我一年之内有过因为看报，而烧黑了三个煮菜锅的纪录。这是我对于报纸的功能之最高的称颂。报纸能令人忘记锅里煮着东西！

① 陈义：陈述大义；陈说的道理；所表现出的凛然大义。出自《明胆论》。

旅行

我们中国人是最怕旅行的一个民族。闹饥荒的时候都不肯轻易逃荒，宁愿在家乡吃青草啃树皮吞观音土，生怕离乡背井之后，在旅行中流为饿殍[①]，失掉最后的权益——寿终正寝。至于席丰履厚的人更不愿轻举妄动，墙上挂一张图画，看看就可以当“卧游”，所谓“一动不如一静”。说穿了“太阳下没有新鲜事物”。号称山川形胜，还不是几堆石头一汪子水？我记得做小学生的时候，郊外踏青，是一桩心跳的事，多早就筹备，起个大早，排成队伍，擎着校旗，鼓乐前导，事后下星期还得作一篇《远足记》，才算功德圆满。旅行一次是如此的庄严！我的外祖母，一生住在杭州城内，八十多岁，没有逛过一次西湖，最后总算去了一次，但是自己不能行走，抬到了西湖，就没有再回来——葬在湖边山上。

① 饿殍：1. 指饿死的人；2. 饿得快死的人。3. 饿死。4. 使之饿死。

古人云，“一生能着几两屐？”这是劝人及时行乐，莫怕多费几双鞋。但是旅行果然是一桩乐事吗？其中是否含着有多少苦恼的成分呢？

出门要带行李，那一个几十斤重的五花大绑的铺盖卷儿便是旅行者的第一道难关。要捆得紧，要捆得俏，要四四方方，要见棱见角，与稀松露馅的大包袱要迥异其趣，这已经就不是一个手无缚鸡之力的人所能胜任的了。关卡上偏有好奇人要打开看看，看完之后便很难得再复原。“乘兴而来，兴尽而返。”很多人在打完铺盖卷儿之后就觉得游兴已尽了。在某些国度里，旅行是不需要携带铺盖的，好像凡是有床的地方就有被褥，有被褥的地方就有随时洗换的被单——旅客可以无牵无挂，不必像蜗牛似的顶着安身的家伙走路。携带铺盖究竟还容易办得到，但是没听说过带着床旅行的，天下的床很少没有臭虫设备的。我很怀疑一个人于整夜输血之后，第二天还有多少精神游山逛水。我有一个朋友发明了一种服装，按着他的头躯四肢的尺寸做了一件天衣无缝的睡衣，人钻在睡衣里面，只留眼前两个窟窿，和外界完全隔绝——只是那样子有些像是KKK[①]，夜晚

① KKK：这三个字原始字义是指手枪扳机时三步骤的声响，为学习射击时的口诀，现多指一个奉行种族主义的美国恐怖主义秘密组织——3K党。

出来曾经几乎吓死一个人！

原始的交通工具，并不足为旅客之苦。我觉得“滑竿”“架子车”都比飞机有趣。“御风而行，泠然善也”[①]，那是神仙生涯。在尘世旅行，还是以脚能着地为原则。我们要看朵朵的白云，但并不想在云隙里钻出钻进；我们要“横看成岭侧成峰，远近高低各不同”，但并不想把世界缩小成假山石一般玩物似的来欣赏。我惋惜弥尔顿所称述的中土有“挂帆之车”[②]尚不曾坐过。交通工具之原始不是病，病在于舟车之不易得，车夫舟子之不易缠，“衣帽自看”固不待言，还要提防青纱帐起[③]。刘伶“死便埋我”[④]，也不是准备横死。

旅行虽然夹杂着苦恼，究竟有很大的乐趣在。旅行是一种逃避——逃避人间的丑恶。“大隐藏人海”，我们不是大隐，在人海里藏不住。岂但人海里安不得身？在家园也不容易遁迹。成年的圈在四合房里，不必仰屋就要兴叹[⑤]；成年的看着家

① 语出《庄子·逍遥游》：“夫列子御风而行，泠然善也。”是说列子可以驾风而行，姿态轻盈优雅。

② 弥尔顿挂帆之车：弥尔顿在《失乐园》第二章里写到撒旦降落到了中国，“那里的中国人推着轻便的竹车，靠帆和风力前进。”

③ 青纱帐起：北方多种高粱、玉米等高秆作物，夏季连绵不绝，宛如青纱帐。因利于藏身，在治安不好的年代，匪徒可隐于其内实行劫掠。因此也有“青纱帐起，路断行人”之说。

④ 刘伶初不以家产有无介意。常乘鹿车，携一壶酒，使人荷锸而随之，谓曰：“死便埋我。”

⑤ 仰屋兴叹：仰望屋顶长叹。指毫无办法，一筹莫展。

里的那一张脸，不必牛衣也要对泣[①]。家里面所能看见的那一块青天，只有那么一大块。取之不尽用之不竭的清风明月，在家里都不能充分享用，要放风筝需要举着竹竿爬上房脊，要看日升月落需要左右邻居没有遮拦。走在街上，熙熙攘攘，磕头碰脑的不是人面兽，就是可怜虫。在这种情形之下，我们虽无勇气披发入山，至少为什么不带着一把牙刷捆起铺盖出去旅行几天呢？在旅行中，少不了风吹雨打，然后倦飞知还，觉得“在家千日好，出门一时难”，这样便可以把那不可容忍的家变成为暂时可以容忍的了。下次忍耐不住的时候，再出去旅行一次。如此的折腾几回，这一生也就差不多了。

旅行中没有不感觉枯寂的，枯寂也是一种趣味。哈兹利特（Hazlitt）[②]主张在旅行时不要伴侣，因为：“如果你说路那边的一片豆田有股香味，你的伴侣也许闻不见。如果你指着远处的一件东西，你的伴侣也许是近视的，还得戴上眼镜看。”一个不合意的伴侣，当然是累赘。但是人是个奇怪的动物，人太多了嫌闹，没人陪着嫌闷。耳边嘈杂怕吵，整天

① 牛衣对泣：典出《汉书·王章传》。汉代王章为诸生学于长安，生病无被，躺在牛衣中，向妻涕泣、诀别。遂用“牛衣对泣”等谓夫妻共守贫穷，或形容寒士贫居困厄的凄凉之态。

② 哈兹利特：即威廉·黑兹利特（William Hazlitt,1778—1830），英国随笔作家。著有《莎剧人物》《论英国喜剧作家》《论伊丽莎白时代戏剧文学》《席间闲谈》（又名《关于人物及风格的新评论》）等作品。

咕嘟着嘴又怕口臭。旅行是享受清福的时候，但是也还想拉上个伴。只有神仙和野兽才受得住孤独。在社会里我们觉得面目可憎语言无味的人居多，避之唯恐或晚，在大自然里又觉得人与人之间是亲切的。到美国落基山上旅行过的人告诉我，在山上若是遇见另一个旅客，不分男女老幼，一律脱帽招呼，寒暄一两句，还是很有意味的一个习惯。大概只有在旷野里我们才容易感觉到人与人是属于一门一类的动物，平常我们太注意人与人的差别了。

真正理想的伴侣是不易得的，客厅里的好朋友不见得即是旅行的好伴侣，理想的伴侣须具备许多条件，不能太脏，如嵇叔夜“头面常一月十五日不洗，不太闷痒不能沐也”①，也不能有洁癖，什么东西都要用火酒②揩，不能如泥塑木雕，如死鱼之不张嘴，也不能终日喋喋不休，整夜鼾声不已，不能油头滑脑，也不能蠢头呆脑，要有说有笑，有动有静，静时能一声不响地陪着你看行云、听夜雨，动时能在草地上打滚像一条活鱼！这样的伴侣哪里去找？

① 闷痒：闷热发痒。三国时嵇康（嵇叔夜）著《与山巨源绝交书》写道：“头面常一月十五日不洗，不大闷痒，不能沐也。”

② 火酒：即今“朗姆酒”。也被叫作“海盗之酒”（因过去横行在加勒比海地区的海盗都喜欢喝它而得名），古巴传统饮料用甘蔗制成。

听戏、看戏、读戏

我小时候喜欢听戏，在北平都说听戏，不说看戏。真正内行的听众，他不挑拣座位，在池子里能有个地方就行，“吃柱子”也无所谓，在边厢暗处找个座位就可以，沏一壶茶，眯着眼，歪歪斜斜地缩在那里——听戏。实际上他听的不是戏，是某一个演员的唱。戏的主要部分是歌唱。听到一句回肠荡气的唱腔，如同搔着痒处一般，他会猛古丁地带头喊一声“好！”若是听到不合规矩荒腔走板的调子，他也会毫不留情地送上一个倒彩。真是曲有误，周郎顾[①]。

我没有那份素养，当然不足以语此，但是我在听戏之中却是得到了一种精神上的满足。我自己虽不会唱，顶多是哼两声，但是却常被那节奏与韵味所陶醉。凡是爱听戏的人都有此

① 语出《三国志·吴志·周瑜传》。是说周瑜自小就精熟知晓音乐，即使酒过三巡，只要曲子弹错，都逃不过周瑜的耳朵，而且周瑜每次听出来都必定会回头看演奏者一眼，就有人编出歌谣“曲有误，周郎顾”。后用为精于音乐者善辨音律的典故。

经验。戏剧之所以能掌握住大众的兴趣，即以此故，戏的情节没有太大的关系，纵然有迷信的成分或是不大近情近理，都没有关系，反正是那百十来出的戏，听也听熟了，要注意的是演员之各有千秋的唱功。甚至演员的扮相也不重要，例如德珺如[①]的小生，那张驴脸实在令人不敢承教，但是他唱起来硬是清脆可听。至于演员的身段、化妆、行头，以及台上的切末[②]道具，更是次焉者也。

因为戏的重点在唱，而唱功优秀的演员不易得，且其唱功一旦登峰造极，厥[③]后在剧界即有难以为继之叹，一切艺术皆是如此。自民初以后，戏剧一直在走下坡。其式微之另一个原因是观众的素质与品位变了。戏剧的盛衰，很大部分取决于观众，此乃供求之关系，势所必至。而观众受社会环境变迁之影响，其素质与品位又不得不变。新文化运动以来，论者对于戏剧常有微词，或指脸谱为野蛮的遗留，或谓剧情不外奖善惩恶之滥调，或目男扮女角为不自然，或诋剧词之常有鄙陋不通之处……诸如此类，皆不无见地，然实未搔着痒处。也有人倡

① 德珺（jùn）如（1852—1925）：名珩。满族人。自幼酷嗜京剧，擅演青衣，常以票友身份串戏，后下海成为艺人。初演青衣，后改小生。嗓音宽亮高亢，浑厚刚劲，气势磅礴。

② 切末：指戏曲舞台上所用的简单布景和道具。

③ 厥：乃，于是。

为改良之议，诸如修改剧本，润色戏词，改善背景，增加幔幕，遮隔文武场面等等，均属可行，然亦未触及基本问题之所在。我们的戏属于歌剧类型，其灵魂在唱歌。这样的戏被这样的观众所长期地欣赏，已成为我们的传统文化的一个项目。是传统，即不可轻言更张。振衰起敝之道在于有效地培养演员，旧的科班制度虽非尽善，有许多地方值得保存。俗语说："三年出一个状元，三十年不见得能出一个好演员。"人才难得，半由天赋，半由苦功。培养演员，固然不易，培养观众其事尤难，观众的品位受多方的影响，控制甚难。大势所趋，歌剧的前途未可乐观。

戏还是要看的，不一定都要闭着眼睛听。不过我们的戏剧的特点之一是所有动作多以象征为原则，不走写实的路子。因为戏剧受舞台构造的限制，三面都是观众，无幕无景，地点可以随时变，所以不便写实。说它是原始趣味也可，说它具有象征艺术的趣味亦可。这种作风怕是要保留下去的。记得尚小云有一回演《天河配》，在出浴一场中，这位高头大马的演员穿着紧身的粉红色卫生衣裤真个的挥动纱带做出水芙蓉状！有人为之骇然，也有人为之鼓掌叫绝。我觉得这是旧剧的堕落。

话剧是由外国引进来的东西。旧剧即使不堕落，话剧的兴起，其势也是不可遏的。话剧的组成要件是动作与对白，和歌剧大异其趣。从文明新戏起到晚近的话剧运动，好像尚未达到成熟的阶段。其间有很长一段是模仿外国作品，也模仿易卜生，也模仿奥尼尔，似是无可讳言。话剧虽然不唱，演员的对白却不是简单事，如何咬字吐音，使字字句句送到全场观众的耳边，需要研究苦练，同时也需要天赋。话剧常常是由学校领头演出，中外皆然，当然学校戏剧也常有非常出色的成绩，不过戏剧演出必须职业化，然后才能期望有较高的艺术水准。

话剧的主流是写实的，可以说是真正的“人生的模拟”。故导演的手法，背景的安排，灯光的变化，服装的设计，无一不重要，所以制造戏剧的效果，使观众从舞台上的表演中体会出一段有意义的人生。戏剧不可过分迎合观众趣味，否则其娱乐性可能过分增高，而其艺术的严重性相当的减少。

在现代商业化的社会里，话剧的发展是艰苦的。且以英国著名演员劳伦斯·奥利维尔[①]爵士为例，他的表演艺术在如今是登峰造极的一个，他说：“我现在拍电影，人们总是在报上

① 即劳伦斯·奥利弗（Laurence Olivier，1907—1989），英国导演、制片人、演员。曾多次获得奥斯卡金像奖，两次被授予爵位，1984 年他的名字被英国戏剧及音乐剧最高奖命名为“劳伦斯·奥利弗奖”，1999 年位列美国电影学会推出的“有史以来最伟大的男演员”榜单第 14 位。

批评我，‘为什么拍这些垃圾？’我告诉你什么原因：找钱送三个孩子上学，养家，为他们将来有好日子……”奥利维尔如此，其他演员无论矣。我们此时此地倡导话剧，首要之因是由政府建立现代化的剧院，不妨是小剧院，免费供应演出场地，或酌量少收费用，同时鼓励成立“定期换演剧目的剧团”，使演剧成为职业化，对于演员则大幅提高其报酬，使不至于旁骛。

戏本是为演的，不是为看的。所以剧本一向是剧团的财产之一部，并不要发表出来以供众览。科班里教戏是靠口授，而且是授以“单词”，不肯整出地传授，所拥有的全剧钞本世袭珍藏唯恐走漏。从前外国的剧团也是一样，并不把剧本当作文学作品看待。把戏剧作品当作文学的一部门，是比较晚近的事。

读剧本，与看舞台上演，其感受大不相同。舞台上演，不过是两三小时的工夫，其间动作语言曾不少停，观众直接立即获得印象。有许多问题来不及思考，有许多词句来不及品赏。读剧本则可从容玩味，发现许多问题与意义。看好的剧本在舞台上作有效的表演，那才是最理想的事。戏剧本来是以演员为主要支柱，但是没有好的剧本则表演亦无所附丽。剧本的写作是创造，演员的艺术是再创造。

戏剧被利用为宣传工具，自古已然。可以宣传宗教意识，可以宣传道德信条，驯至晚近可以宣传种种的政治与社会思想。不过戏剧自戏剧，自有其本身的文艺的价值。易卜生写《傀儡家庭》[①]，妇女运动家视为最有力的一个宣传，但是据易卜生自己说，他根本没有想到过妇女运动。戏剧作家，和其他作家一样，需要自由创作的环境。戏剧的演出，像其他艺术活动一样，我们也应该给予最大的宽容。

① 《傀儡之家》：即《玩偶之家》，挪威戏剧家亨利克·易卜生创作的戏剧作品。该戏剧是一部典型的社会问题剧，主要围绕过去被宠的女主人公娜拉的觉醒展开，最后以娜拉的出走结束全剧。

北平年景

过年须要在家乡里才有味道，羁旅[①]凄凉，到了年下只有长吁短叹的份儿，还能有半点欢乐的心情？而所谓家，至少要有老小二代，若是上无双亲，下无儿女，只剩下伉俪一对，大眼瞪小眼，相敬如宾，还能制造什么过年的气氛？北平远在天边，徒萦梦想，童时过年风景，尚可回忆一二。

祭灶过后，年关在迩。家家忙着把锡香炉、锡蜡签、锡果盘、锡茶托，从蛛网尘封的箱子里取出来，做一年一度的大擦洗。宫灯、纱灯、牛角灯，一齐出笼。年货也是要及早备办的，这包括厨房里用的干货，拜神祭祖用的苹果干果等等，屋里供养的牡丹水仙，孩子们吃的粗细杂拌儿。蜜供是早就在白云观订制好了的，到时候用纸糊的大筐篓一碗一碗地装着送上门来。家中大小，出出进进，如中风魔。主妇当然更有额外负担，要给大家制备新衣

① 羁旅：1. 指的是长久寄居他乡。2. 指客居异乡的人。

新鞋新袜，尽管是布鞋布袜布大衫，总要上下一新。

祭祖先是过年的高潮之一。祖先的影像悬挂在厅堂之上，都是七老八十的，有的撇嘴微笑，有的金刚怒目，在香烟缭绕之中，享用蒸烟，这时节孝子贤孙叩头如捣蒜，其实亦不知所为何来，慎终追远的意思不能说没有，不过大家忙的是上供，拈香，点烛，磕头，紧接着是撤供，围着吃年夜饭，来不及慎终追远[①]。

吃是过年的主要节目。年菜是标准化了的，家家一律。人口旺的人家要进全猪，连下水带猪头，分别处理下咽。一锅纯肉，加上蘑菇是一碗，加上粉丝又是一碗，加上山药又是一碗，大盆的芥末墩儿[②]、鱼冻儿、肉皮辣酱、成缸的大腌白菜、芥菜疙瘩——管够，初一不动刀，初五以前不开市，年菜非囤集不可，结果是年菜等于剩菜，吃倒了胃口而后已。

“好吃不过饺子，舒服不过倒着”，这是乡下人说的话，北平人称饺子为“煮饽饽”。城里人也把煮饽饽当作好东西，除了除夕宵夜不可少的一顿之外，从初一至少到初三，顿顿煮饽饽，直把人吃得头昏脑涨。这种疲劳填充的方法颇有道理，

① 语出《论语·学而》：曾子曰：“慎终追远，民德归厚矣。”大意为：曾子说：“谨慎地对待父母的去世，追念久远的祖先，自然会培育出忠厚老实的百姓。”

② 芥末墩儿：老北京小吃。使用大白菜、芥末、糖、醋等原料制成，具有酸、甜、辣、脆、冲的风味特点。

可以使你长期的不敢再对煮饽饽妄动食指，直等到你淡忘之后明年再说。除夕宵夜的那一顿，还有考究，其中一只要放进一块银币，谁吃到那一只主交好运。家里有老祖母的，年年是她老人家幸运地一口咬到。谁都知道其中做了手脚，谁都心里有数。

孩子们须要循规蹈矩，否则便成了野孩子，唯有到了过年时节可以沐恩解禁，任意地作孩子状。除夕之夜，院里撒满了芝麻秸儿，孩子们践踏得咯吱咯吱响，是为“踩岁”。闹得精疲力竭，睡前给大人请安，是为“辞岁”。大人摸出点什么作为赏赍[①]，是为“压岁”。

新正是一年复始，不准说丧气话，见面要道一声“新禧”。房梁上有“对我生财”的横批，柱子上有“一入新春万事如意”的直条，天棚上有“紫气东来”的斗方，大门上有“国恩家庆人寿年丰”的对联。墙上本来不大干净的，还可以贴上几张年画，什么“招财进宝”“肥猪拱门”，都可以收补壁之效。自己心中想要获得的，写出来画出来贴在墙上，俯仰之间仿佛如意算盘业已实现了！

好好的人家没有赌博的。打麻将应该到八大胡同去，在那里有上好的骨牌，硬木的牌桌，还有佳丽环列。但是过年则

① 赏赍（jī）：赍有拿东西给人、赠送的意思。赏赍就是赏赐。

几乎家家开赌，推牌九、状元红，呼幺喝六，老少咸宜。赌禁的开放可以延长到元宵，这是唯一的家庭娱乐。孩子们玩花炮是没有腻的。九隆斋的大花盒，七层的九层的，花样翻新，直把孩子看得瞪眼咂舌。冲天炮、二踢脚、太平花、飞天七响、炮打襄阳，还有我们自以为值得骄傲的可与火箭媲美的“旗火”，从除夕到天亮彻夜不绝。

街上除了油盐店门上留个小窟窿外，商店都上板，里面常是锣鼓齐鸣，狂擂乱敲，无板无眼，据说是伙计们在那里发泄积攒一年的怨气。大姑娘小媳妇擦脂抹粉的全出动了，三河县的老妈儿都在头上插一朵颤巍巍的红绒花。凡是有大姑娘小媳妇出动的地方就有更多的毛头小伙子乱钻乱挤。于是厂甸挤得水泄不通，海王村里除了几个露天茶座坐着几个直流鼻涕的小孩之外并没有什么可看，但是入门处能挤死人！火神庙里的古玩玉器摊，土地祠里的书摊画棚，看热闹的多，买东西的少。赶着天晴雪霁，满街泥泞，凉风一吹，又滴水成冰，人们在冰雪中打滚，甘之如饴。“喝豆汁儿，就咸菜儿，琉璃喇叭大沙雁儿[①]”，对于大家还是有足够的诱惑。此外如财神庙、白云观、

① 琉璃喇叭大沙雁：琉璃喇叭又名噗噗噔儿、倒掖气，以极薄的玻璃制成，吹动后可以发声，是颇受欢迎的儿童玩具。大沙雁指的是外形像一个“大”字形的“沙燕儿”（或称“扎雁儿”“沙雁儿”风筝）。

雍和宫，都是人挤人、人看人的局面，去一趟把鼻子耳朵冻得通红。

新年狂欢拖到十五。但是我记得有一年提前结束了几天，那便是一九一二年，阴历的正月十二日，在普天同庆声中，“中华民国”第一任大总统袁世凯先生嗾使[①]北军第三镇曹锟驻禄米仓部队哗变掠劫平津商民两天，这开国后第一个惊人的年景使我到如今不能忘怀。

① 嗾（sǒu）使：煽动指使他人干坏事。

读画

《随园诗话》："画家有读画之说，余谓画无可读者，读其诗也。"随园老人这句话是有见地的。读是读诵之意，必有文章词句然后方可读诵，画如何可读？所以读画云者，应该是读诵画中之诗。

诗与画是两个类型，在对象、工具、手法，各方面均不相同。但是类型的混淆，古已有之。在西洋，所谓 Ut picture poesis（诗如画），"诗既如此，画亦同然"，早已成为艺术批评上的一句名言。我们中国也特别称道王摩诘的"画中有诗，诗中有画"[①]。究竟诗与画是各有领域的。我们读一首诗，可以欣赏其中的景物的描写，所谓"历历如绘"。如诗之极致究竟别有所在，其着重点在于人的概念与情感。所谓诗意、诗趣、诗境，虽然多少有些抽象，究

① 宋代・苏轼诗《东坡题跋・书摩诘〈蓝田烟雨图〉》："味摩诘之诗，诗中有画；观摩诘之画，画中有诗。"

竟是以语言文字来表达最为适宜。我们看一幅画，可以欣赏其中所蕴藏的诗的情趣，但是并非所有的画都有诗的情趣，而且画的主要的功用是在描绘一个意象。我们说读画，实在是在画里寻诗。

“蒙娜丽莎”的微笑，即是微笑，笑得美，笑得甜，笑得有味道，但是我们无法追问她为什么笑，她笑的是什么。尽管有许多人在猜这个微笑的谜，其实都是多此一举。有人以为她是因为发现自己怀孕了而微笑，那微笑代表女性的骄傲与满足。有人说：“怎见得她是因为发觉怀孕而微笑呢？也许她是因为发觉并未怀孕而微笑呢？”这样地读下去，是读不出所以然来的。会心的微笑，只能心领神会，非文章词句所能表达。像“蒙娜丽莎”这样的画，还有一些奥秘的意味可供揣测，此外像 Watts[①]的《希望》，画的是一个女人跨在地球上弹着一只断了弦的琴，也还有一点象征的意思可资领会，但是 Sorolla[②]的《二姊妹》，除了耀眼的阳光之外还有什么诗可读？再如 Sully[③]的《戴破帽子的孩子》，画的是一个孩子头上顶着一个

① Watts：此处指乔治·弗雷德里克·瓦兹（1817—1904），英国维多利亚时代最为神秘的艺术巨人之一，被誉为“英国的米开朗基罗”。《希望》是他的代表作。

② Sorolla：华金·索罗拉（1863—1923），西班牙历史上最优秀的印象派画家之一，与毕加索齐名。索罗拉的作品内容大都是表现西班牙平民的生活和劳作，以及欢乐与痛苦。

③ Sully：指托马斯·萨利（Thomas Sully，1783—1872），美国19世纪最佳肖像画家之一。风格雅致，富于浪漫热情，强调形式与色彩的简练。晚年作品带有19世中期的伤感色彩。《戴破帽子的孩子》又名《破帽子》，是他的代表画作之一。

破帽子，除了那天真无邪的脸上的光线掩映之外还有什么诗可读？至于 Chase[①]的一幅《静物》，可能只是两条死鱼翻着白肚子躺在盘上，更没有什么可说的了。

也许中国画里的诗意较多一点。画山水不是《春山烟雨》，就是《江皋烟树》，不是《云林行旅》，就是《春浦帆归》，只看画题，就会觉得诗意盎然。尤其是文人画家，一肚皮不合时宜，在山水画中寄托了隐逸超俗的思想，所以山水画的境界成了中国画家人格之最完美的反映。即使是小幅的花卉，像李复堂[②]、徐青藤[③]的作品，也有一股豪迈潇洒之气跃然纸上。

画中已经有诗，有些画家还怕诗意不够明显，在画面上更题上或多或少的诗词字句。自宋以后，这已成了大家所习惯接受的形式，有时候画上无字反倒觉得缺点什么。中国字本身有其艺术价值，若是题写得当，也不难看。西洋画无此便利，

① 威廉·梅里特·切斯（William Merritt Chase，1849—1916）：美国画家和艺术教育家。他以肖像画、风景画和静物画出名。

② 李复堂：李鱓（shàn）（1686—1756），字宗扬，号复堂。江苏扬州府兴化人。清代著名画家，扬州八怪之一。早年画风工细严谨，中年画风始变，转入粗笔写意，挥洒泼辣，气势充沛。

③ 徐青藤：即徐渭（1521—1593）。绍兴山阴（今浙江绍兴）人。初字文清，后改字文长，号青藤老人、青藤道士等。明代著名文学家、书画家、戏曲家、军事家。是中国“泼墨大写意画派”创始人、“青藤画派”之鼻祖。其画气势纵横奔放，不拘小节。

《拾穗人》①上面若是用鹅翎管写上一首诗，那就不堪设想。在画上题诗,至少说明了一点,画里面的诗意有用文字表达的必要。一幅酣畅的泼墨画，画着有两棵大白菜，墨色浓淡之间充分表示了画家笔下控制水墨的技巧，但是画面的一角题了一行大字："不可无此味，不可有此色"，这张画的意味不同了，由纯粹的画变成了一幅具有道德价值的概念的插图。金冬心②的一幅墨梅，篆籀纵横，密圈铁线，清癯高傲之气扑人眉宇，但是半幅之地题了这样的词句："晴窗呵冻，写寒梅数枝，胜似与猫儿狗儿盘桓也……"，顿使我们的注意力由斜枝细蕊转移到那个清高的画士。画的本身应该能够表现画家所要表现的东西，不需另假文字为之说明,题画的办法有时使画不复成为纯粹的画。

我想画的最高境界不是可以读得懂的，一说到读便牵涉到文章词句，便要透过思想的程序，而画的美妙处在于透过视觉而直诉诸人的心灵。画给人的一种心灵上的享受，不可言说，说便不着。

① 《拾穗人》：即著名油画《拾穗者》。法国巴比松派画家让·弗朗索瓦·米勒代表作。该画描绘了农人捡拾麦穗的场景，人物真实生动，笔法简洁，色调明快柔和，是现实主义艺术风格的典型代表作。

② 金冬心：金农（1687—1763），清代书画家，扬州八怪之首。字寿门、司农、吉金，号冬心先生、稽留山民等，钱塘（今浙江杭州）人，布衣终身。工于诗文书法，五十三岁后工画。其画造型奇古，善用淡墨干笔作花卉小品，尤工画梅。

吸烟

烟，也就是菸，译音曰淡巴菰。这种毒草，原产于中南美洲，遍传世界各地。到明朝，才传进中土。利马窦在明万历年间以鼻烟入贡，后来鼻烟就风靡了朝野。在欧洲，鼻烟是放在精美的小盒里，随身携带。吸时，以指端蘸鼻烟少许，向鼻孔一抹，猛吸之，怡然自得。我幼时常见我祖父辈的朋友不时地在鼻孔处抹鼻烟，抹得鼻孔和上唇都染上焦黄的颜色。据说能明目祛疾，谁知道？我祖父不吸鼻烟，可是备有“十三太保”，十二个小瓶环绕一个大瓶，瓶口紧包着一块黄褐色的布，各瓶品味不同，放在一个圆盘里，捧献在客人面前。我们中国人比欧洲人考究，随身携带鼻烟壶，玉的、翠的、玛瑙的、水晶的，精雕细镂，形状百出。有的山水图画是从透明的壶里面画的，真是鬼斧神工，不知是如何下笔的。壶有盖，盖下有小勺匙，以勺匙取鼻烟置一小玉垫上，然后用指端蘸而吸之。我家藏有鼻烟壶数十，丧乱中只带出了一个翡翠盖的白玉壶，里面还存了小半壶鼻烟，百余年后，烈味未除，试嗅一小勺，立刻连打喷嚏不能止。

我祖父抽旱烟，一尺多长的烟管，翡翠的烟嘴，白铜的烟袋锅（烟袋锅子是塾师敲打学生脑壳的利器，有过经验的人不会忘记）。著名的关东烟的烟叶子贮在一个绣花的红缎子葫芦形的荷包里。有些旱烟管四五尺长，若要点燃烟袋锅子里的烟草，则人非长臂猿，相当吃力，一时无人伺候则只好自己划一根火柴插在烟袋锅里，然后急速掉过头来抽吸。普通的旱烟管不那样长，那样长的不容易清洗。烟袋锅子里积的烟油，常用以塞进壁虎的嘴巴置之于死。

我祖母抽水烟。水烟袋仿自阿拉伯人的水烟筒（hookah），不过我们中国制造的白铜水烟袋，形状乖巧得多。每天需要上下抖动地冲洗，呱嗒呱嗒的响。有一种特制的烟丝，兰州产，比较柔软。用表心纸揉纸煤儿[①]，常是动员大人孩子一齐动手，成为一种乐事。经常保持一两只水烟袋作敬客之用。我记得每逢家里有病人，延请名医周立桐来看病，这位飘着胡须的老者

① 纸煤儿：用易于引火的纸搓成的细纸卷，点着后一吹即燃，多作点火、燃水烟之用。

总是昂首登堂直就后炕的上座，这时候送上盖碗茶和水烟袋，老人拿起水烟袋，装上烟草，“突”的一声吹燃了纸煤儿，呼噜呼噜抽上三两口，然后抽出烟袋管，把里面燃过的烟烬吹落在他自己的手心里，再投入面前的痰盂，而且投得准。这一套手法干净利落。抽过三五袋之后，呷一口茶，才开始说话：“怎么？又是哪一位不舒服啦？”每次如此，活龙活现。

我父亲是饭后照例一支雪茄，随时补充纸烟，纸烟的铁罐打开来，“嘶”的一声响，先在里面的纸笺上写启用的日期，借以察考每日消耗数量不使过高。雪茄形似飞艇，尖端上打个洞，叼在嘴里真不雅观，可是气味芬芳。纸烟中高级者都是舶来品，中下级者如强盗牌在民初左右风行一时，稍后如白锡包、粉包、国产的联珠、前门等等，皆为一般人所乐用。就中以粉包为特受欢迎的一种，因其烟支之粗细松紧正合吸海洛因者打“高射烟”之用。儿童最喜欢收集纸烟包中附置的彩色画片，好像是前门牌吧，附置的画片是《水浒传》一百零八条好汉的画像，如有人能搜集全套，可得什么什么的奖品，一时儿童们趋之若鹜。可怜那些热心的集者，枉费心机，等了多久多久，那位及时雨宋公明就是不肯亮相！是否有人集得全套，只有天知道了。

常言道，“烟酒不分家”，抽烟的人总是桌上放一罐烟，客来则敬烟，这是最起码的礼貌。可是到了抗战时期，这情形稍有改变。在后方，物资艰难，只有特殊人物才能从怀里掏出“幸运”“骆驼”“三五”“毛利斯”在侪辈面前炫耀一番，只有豪门仕女才能双指夹着一支细长的红嘴的“法蒂玛”忸怩作态。一般人吸的是“双喜”，等而下之的便要数“狗屁牌”（Cupid）①香烟了。这亵渎爱神名义的纸烟，气味如何自不待言，奇的是卷烟纸上有涂抹不匀的硝，吸的时候会像儿童玩的烟火“滴滴金”，噼噼啪啪地作响、冒火星，令人吓一跳。饶是烟质不美，瘾君子还是不可一日无此君，而且通常是人各一包深藏在衣袋里面，不愿人知是何品牌，要吸时便伸手入袋，暗中摸索，然后突的抽出一支，点燃之后自得其乐。一听烟放在桌上任人取吸，那种场面不可复见。直到如今，大家元气稍复，敬烟之事已很寻常，但是开放式的一罐香烟经常放在桌上，仍不多见。

我吸纸烟始自留学时期，独身在外，无人禁制，而天涯羁旅，心绪如麻，看见别人吞云吐雾，自己也就效颦起来。此后若干年，由一日一包，而一日两包，进而一日一听。约在

① Cupid：丘比特，罗马神话中的小爱神。其形象往往为淘气的儿童。他持有金头、铅头两种神箭，被金箭射中者会爱上他人，被铅箭射中者会厌恶他人。

二十年前，有一天心血来潮，我想试一试自己有多少克己的力量，不妨先从戒烟做起。马克·吐温说过：“戒烟是很容易的事，我一年戒过好几十次了。”我没有选择黄道吉日，也没有诹访室人①，闷声不响地把剩余的纸烟一股脑儿丢在垃圾堆里，留下烟嘴、烟斗、烟包、打火机，以后分别赠给别人，只是烟灰缸没有抛弃。“冷火鸡”的戒烟法不大好受，一时间手足失措，六神无主，但是工作实在太忙，要发烟瘾没得工夫，实在熬不过就吃一块巧克力。巧克力尚未吃完一盒，又实在腻歪，于是把巧克力也戒掉了。说来惭愧，我戒烟只此一遭，以后一直没有再戒过。

吸烟无益，可有很多人都说“不为无益之事何以遣有涯之生？”而且无益之事有很多是有甚于吸烟者，所以吸烟或不吸烟，应由各人自行权衡决定。有一个人吸烟，不知是为特技表演，还是为节省买烟钱，经常猛吸一口烟咽下肚，绝不污染体外的空气，过了几年此人染了肺癌。我吸了几十年烟，最后才改吸不花钱的新鲜空气。如果在公共场所遇到有人口里冒烟，甚或直向我的面前喷射毒雾，我便退避三舍，心里暗自诅咒：“我过去就是这副讨人嫌恶的样子！”

① 诹：在一起商量事情，询问。室人：泛指家人，或指妻子。

社交·往来无白丁

谦让

谦让仿佛是一种美德，但若想在眼前的实际生活里寻一个具体的例证却不容易。类似谦让的事情近来似很难得发生一次。就我个人的经验说，在一般宴会里，客人入席之际，最容易看见类似谦让的事情。

一群客人挤在客厅里，谁也不肯先坐，谁也不肯坐首座，好像“常常登上座，渐渐入祠堂”的道理是人人所不能忘的。于是你推我让，人声鼎沸。辈分小的、官职低的垂着手远远地立在屋角，听候调遣。自以为有占首座或次座资格的人无不攘臂而前，拉拉扯扯，不肯放过他们表现谦让美德的机会。有的说：“我们叙齿，你年长！”有的说：“我常来，你是稀客！”有的说：“今天非你上座不可！”事实固然是为让座，但是当时的声浪和唾沫星子却都表现得像在争座。主人觍着一张笑脸，偶尔插一两句嘴，作鹭鸶笑[1]。这场纷扰，直到大家的兴致均已低落，该说的话差不多都已说完，然后急转直下，突然平息，本该坐上座的人便去就了上座，并无苦恼之相，而往往显出踌躇满志顾盼自雄的样子。

我每次遇到这样谦让的场合，便会想起聊斋中的一个故事：一伙人在热烈地让座，有一位扯着另一位的袖子，硬往上拉，被拉的人硬往后躲，双方势均力敌，突然间拉着袖子的手一松，被拉的那只胳臂猛然向后一缩，肘尖正撞在后面站着的一位驼背朋友的两只特别凸出的大门牙上，"咔嚓"一声，双牙落地！我每忆起这个乐极生悲的故事，为明哲保身起见，在让座时我总躲得远远的。等风波过后，剩下的位置就是我的，首座也可以，坐上去并不头晕，末座亦无妨，我也并不因此少吃一口。我不谦让。

考让座之风之所以如此盛行，其故有二。第一，让来让去，每人总有一个位置，所以一面谦让，一面稳有把握。假如主人宣布，位置只有十二个，客人却有十四位，那便没有让座之事了。第二，所让者是个虚荣，本来无关宏旨，凡半径都是一般长（假如是圆桌），所以坐在任何位置都可以享受同样的利益。

① 鹭鸶笑：不发出声音的闷笑。

假如明文规定，凡坐过首席若干次者，在铨叙[1]上特别有利，我想让座的事情也就少了。我从不曾看见，在长途公共汽车站售票处，如果没有木制的长栅栏还能够保留一点谦让之风的！因此我发现了一般人处世的一个道理：可以无需让的时候，则无妨谦让一番，于人无利，于己无损；在该让的时候，则不谦让，以免损己；在应该不让的时候，则必定谦让，于己有利，于人无损。

小时候读到孔融让梨的故事，觉得实在难能可贵，自愧弗如。一只梨虽然微不足道，但对于一个四五岁的孩子，其重要性或者并不下于一个公务员之心理盘算简、荐、委。有人猜想，孔融那几天也许肚皮不好，怕吃生冷，乐得谦让一番。我不敢这样妄加揣测。不过我们要承认，利之所在，可以使人忘形，谦让不是一件容易的事。孔融让梨的故事，发扬光大起来，确有教育价值，可惜并未发生多少实际的效果：今之孔融，并不多见。

谦让作为一种仪式，并不是坏事，像天主教会选任主教时所举行的仪式就蛮有趣。就职的主教照例地当众谦逊三回，口说“nolo episcopari”，意即“我不要当主教”，然后照例

① 铨叙：旧社会政府审查官员的资历，确定级别、职位。

地敦促三回终于勉为其难了。我觉得这样的仪式比宣誓就职之后再打通电声明固辞不获要好得多。谦让的仪式行久了，也许对于人心有潜移默化之功，使人在争权夺利奋不顾身之际，也不知不觉地举行起谦让的仪式。可惜我们人类的文明史尚短，潜移默化尚未奏大效，露出原始人的狰狞面目的时候要比雍雍穆穆地举行谦让仪式的时候多些。每次从公共汽车售票处杀进杀出，我心里就想：先王以礼治天下，实在有理。

送礼

俗语说，“官不打送礼的”。此语甚妙。因为从前的官不是等闲人，他是可以随便打人的，所以有人怕见官，见了官便不由得有三分惧怕，而送礼的人则必定是有求于人，唯恐人家不肯赏收，必定是卑躬屈膝春风满面、点头哈腰老半天，谁还狠得下心打笑脸人？至于礼之厚薄，倒无关宏旨，好歹是进账，细大不捐，收下再说。

不过送礼的人也确实有些是该打屁股的。

送礼这件事，在送的这一方面是很苦恼的一个节目，尤其是逢时按节的例行送礼。前例既开，欲罢不能。如果是个什么机构之类，有人可以支使采办，倒还省事。采办的人在其中可以大显身手。礼讲究四色，其中少不得一篮应时水果，篮子硕大无朋，红绳缎带，五花大绑，一张塑胶纸绷罩在上面，绷得紧，系得牢，要打开还很费手脚。打开之后，时常令人叫绝。

原来篮子之中有草纸一堆坟然隆起，上面盖着一层光艳照人的苹果、梨、柑之类，一部分水果的下面是黑烂发霉的。四色之中可能还有金华火腿一只，使得这一份礼物益发高贵而隆重。死尸可以冷藏而不腐，火腿则必须在适当温度中长期腌制，而亚热带天气只适宜促其速朽。我就收到过不止一只金玉其外的火腿，纸包得又俊又俏，绳子捆得紧紧的，露在外面的爪尖干干净净，红色门票上还有金字。有一天打开一看，嘿！就像医师开刀发现内部癌瘤已经溃散赶紧缝起创口了事一般，我也赶快把它原封包起。原来里面万头攒动着又白又胖的蛆虫，而且不需用竹筷贯刺就有一股浓厚的尸臭令人欲呕。我有意把这只金华火腿送走，使它物还原主，又真怕伤了他的自尊，而且西谚有云："不要扒开人家赠你的一匹马的嘴巴看。"其意是对礼物不可挑剔。无可奈何之中，想起了平剧中有"人头挂高杆"之说，于是乘黄昏时候，蹑手蹑脚地把这只火腿挂在大门外的电线杆上，自门隙窥伺之，果见有人施施然来，睹物一惊，驻足逡巡，然后四顾无人迅速出手，挟之而去，这只火腿的最后下落如何我就不知道了。送水果、送火腿的人，那份隆情盛意，我当然是领受了。

英文里有个名词"白象"（white elephant），意为相当名贵而无实用并且难于处置的东西。试想有人送你一头白象，你把它安顿在哪里？你一天需要饲喂它多少食粮？它病了你怎么办？它发脾气你怎么办？我相信一旦白象到门，你会手足无措。事实上我们收到的礼物偶然也是近似白象的，令人啼笑皆非。我收到一件礼物，瓶状的电桌灯一盏，立在地面上就几乎与我齐眉，若是放在太和殿里当然不嫌其大，可惜蜗居逼仄，虽不至于仅可容膝，这样的庞然巨制放在桌上实在不称，万一头重脚轻倒栽下来，说不定会砸死人。居然有客人来，欣赏其体制之雄伟，说它壮观，我立即举以相赠，请他把白象牵了出去，后遂不知其所终。

生日礼物，顺理成章地是一块蛋糕。问题在，你送一块，他也送一块，一下子收到二块、二十块大蛋糕，其中还可能有两个人抬着拿进来的超大号的，虽说“好的东西不嫌多”，真的多了起来也是一患。我亲见有一位宦场中人，他生日那天收到三十块以上的蛋糕，陈列在走廊上，洋洋大观。最后筵席散了，主人央客各自携带一块蛋糕回家，这样才得收疏散之效。客人各自提着像帽盒似的一个纸匣子，鱼贯而出，煞是好看。照理说，蛋糕是好东西，或细而软，或糙而松，各有其风味，唯独上面糊着的一层雪白的“蜡油”实在令人难以入口。偶然也有使用搅打过的鲜奶油的，但不常见，常见的硬是“蜡油”。我曾亲见一个任性的孩子，一次罄了一个直径一尺以上的蜡油蛋糕，父母不拦阻他，因为他府上蛋糕实在太多正苦没有销场，结果是那个孩子倒在床上呻吟呕吐，黄澄澄一橛一橛地从嘴里吐出来，那样子好难看！

有些人家是很讲究禁忌的。大概，最忌的是送钟，因为“钟”与“终”二字同音。送钟来，拒受则失礼，往往当即回敬一元钱，象征其是买而非送，即足以破除其不祥。其实自始即有终，此乃自然之道。何况大限未至，即有人先来预约执绋[①]，料想将来局面不致冷冷清清，也正是好事。有人在生日的时候，收到一份奇特的礼物——半匹粗白布。这种东西不是没有实用，将来不定为了谁而遵礼成服的时候，为经、为带均无不可，只是不知要收藏多久。主妇灵机一动，把布染成粉红色，剪裁加缝，做成很出色的成套的沙发罩布，化乖戾为吉祥。有人忌讳朋友送书给他，生怕因此而赌输。我从不赌博，因此最欢迎有人送书给我，未读之书太多，开卷总归有益，但是朋友总是怕我坏了手气，只有很少的几位肯

① 执绋：用手拉着棺椁下葬时牵引柩入穴的绳索，送葬时帮助牵引灵车，后来泛指送葬。绋是拉柩的绳子。

以书见贻，真所谓“知我者，二三子”[①]！

送礼给人，当然是应该投其所好。除非是存心怄气，像诸葛孔明之送巾帼给司马仲达。所以送礼之前，势必要先通过大脑思量一番。如果对方是和尚，送篦子就不大相宜，虽然也有“金篦刮眼”[②]之说。如果对方患消渴，则再好的巧克力糖也难以使他衷心喜悦。如果对方已经老掉了牙，铁蚕豆就不可以请他尝试。诸如此类，不必细举。再说礼物轻重也该有个斟酌，轻了固然寒碜，重了也容易启人疑窦，以为你有什么分外的企图。从前旧俗，家家有一本礼簿，往来户头均有记录，逢年过节或红白喜事均有例可循，或送现金，或送席票。如果向无往来，新开户头，则看下次遇到机会对方有无还礼，有则继续下去，无则不再往来，这不失为公平合理的办法。现在时代不同了，人口流动，应酬频繁，粉红炸弹与白色讣闻满天飞，送礼变成了灾害，如果逃不掉躲不开，则只好虚应故事，投以一篮鲜花或是一端幛子，而没有其他多少选择了。

---

① 出自宋代辛弃疾词《贺新郎·甚矣吾衰矣》。意思是了解自己的，只有两三个人。

② 比喻幡然醒悟。

为什么不说实话

听一个朋友说起一个有趣的故事，这是个老故事，但我是初次听见，所以以为有趣。他说：

有一家酒店，隔壁住着好几个酒徒。酒徒竟偷酒喝，偷酒的方法是凿壁成穴，以管入酒缸而吸饮之。轮流吸饮，每天夜晚习以为常。酒店老板初而惊讶酒浆损失之巨，继而暗叹酒徒偷饮技术之精，终乃思得报复之道。老板不动声色，入晚于置酒缸之处改置小便桶一，内中便溺洋溢，不可向迩[1]。夜深人静，酒徒又来吮饮，争先恐后，欲解馋吻。甲尽力一吸，饱尝异味，挤眉咧嘴，汩汩自喉而下，刚要声张，旋思我若声张，别人必不再来上当，我独自吃亏，岂不太冤枉乎？有亏大家吃。于是甲连呼“好酒，好酒”而退。乙继之，亦同样上当，亦同样不肯独自上当，亦连呼“好酒，好酒”而退。丙丁戊己，循

① 不可向迩：形容人或事物让人难以接近，出自《尚书 · 盘庚上》。

序而饮，全体酒徒均得分润。事毕环立，相视而笑。

我听过这个故事之后，心里有一点儿明白为什么有些人不肯说老实话。有些人宁愿自己吃亏，宁愿跟着别人吃亏，宁愿套引别人跟着他吃亏，也不愿意把实感坦白说出来。因为说出来之后，别人就不再吃亏，而他自己就显得特别委屈。别人和他同样吃亏，他就觉得有人陪着他吃亏，不冤枉了。

我又想：万一其中有一个心直口快的，将老实话脱口而出，这个人会有怎样的遭遇呢？我想这个人是不受欢迎的，并且还要受到诅咒，尤其是那些已经饮过小便而貌作饮过醇酿的人，必定要骂这人是个呆瓜！

要下水，大家都下水。谁也不说老实话，说老实话的就是呆瓜！

这种心理，到处皆然，要不得！

旁若无人

在电影院里，我们大概都常遇到一种不愉快的经验。在你聚精会神地静坐着看电影的时候，会忽然觉得身下坐着的椅子颤动起来，动得很匀，不至于把你从座位里掀出去，动得很促，不至于把你颠摇入睡，颤动之快慢疾徐，恰好令你觉得他讨厌。大概是轻微地震罢？左右探察震源，忽然又不颤动了。在你刚收起心来继续看电影的时候，颤动又来了。如果下决心寻找震源，不久就可以发现，毛病大概是出在附近的一位先生的大腿上。他的足尖踏在前排椅撑上，绷足了劲，利用腿筋的弹性，很优游地在那里发抖。如果这拘挛性的动作是由于羊痫风一类的病症的暴发，我们要原谅他，但是不像，他嘴里并不吐白沫。看样子也不像是神经衰弱，他的动作是能收能发的，时作对歇，指挥如意。若说他是有意使前后左右两排座客不得安生，却也不然。全是陌生人无仇无恨，我们站在被害人的立场上看，这种变态行为只有一种解释，那便是他的意志过于集中，忘记旁边还有别人，换言之，便是“旁若无人”的态度。

“旁若无人”的精神表现在日常行为上者不只一端。例如欠伸，原是常事，“气乏则欠，体倦则伸”。但是在稠人广众之中，张开血盆巨口，作吃人状，把口里的獠牙显露出来，再加上伸胳臂伸腿如演太极，那样子就不免吓人。有人打哈欠还带音乐的，其声呜呜然，如吹号角，如鸣警报，如猿啼，如鹤唳，音容并茂，《礼记》：“侍坐于君子，君子欠伸，撰杖履，视日蚤莫，侍坐者请出矣。”①是欠伸合于古礼，但亦以“君子”为限，平民岂可援引，对人伸胳臂张嘴，纵不吓人，至少令人觉得你是在逐客，或是表示你自己不能管制你自己的肢体。

邻居有叟，平常不大回家，每次归来必令我闻知。清晨有三声喷嚏，不只是清脆，而且洪亮，中气充沛，根据那声音之响我揣测必有异物入鼻，或是有人插入纸捻，那声音撞击在脸盆之上有金石声！随后是大排场的漱口，真是排山倒

① 意为：尊长年事已高，精力往往比较差。在尊长旁边陪坐，要随时注意他的表情的变化，如果尊长开始打哈欠，说明他已经感到疲倦。这时，陪坐者应该主动告退。

海，犹如骨鲠在喉，又似苍蝇下咽。再随后是三餐的饱嗝，一串串的嗝声，像是下水道不甚畅通的样子。可惜隔着墙没能看见他剔牙，否则那一份刮垢磨光的钻探工程，场面也不会太小。

这一切“旁若无人”的表演究竟是偶然突发事件，经常令人困恼的乃是高声谈话。在喊救命的时候，声音当然不嫌其大，除非是脖子被人踩在脚底下，但是普通的谈话似乎可以令人听见为度，而无须一定要力竭声嘶地去振聋发聩。生理学告诉我们，发音的器官是很复杂的，说话一分钟要有九百个动作，有一百块筋肉在弛张，但是大多数人似乎还嫌不足，恨不得嘴上再长一个扩大器。有个外国人疑心我们国人的耳鼓生得异样，那层膜许是特别厚，非扯着脖子喊不能听见，所以说话总是像打架。这批评有多少真理，我不知道。不过我们国人会嚷的本领，是谁也不能否认的。电影场里电灯初灭的时候，总有几声“哎哟，小三儿，你在哪儿哪？”在戏院里，演员像是演哑剧，大锣大鼓之声依稀可闻，主要的声音是观众鼎沸，令人感觉好像是置身蛙塘。在旅馆里，好像前后左右都是庙会，不到夜深休想安眠，安眠之后难免没有响皮底的大皮靴，毫无惭愧地在你门前踱来踱去。天未大亮，又有各种市声前来侵扰。一个人大声说话，是本能；小声说话，是文明。以动物而论，狮吼、狼嗥、虎啸、驴鸣、犬吠，即是小如促织蚯蚓，声音都不算小，都不会像人似的有时候也会低声说话。大概文明程度愈高，说话愈不以声大见长。群居的习惯愈久，愈不容易存留“旁若无人”的幻觉。我们以农立国，乡间地旷人稀，畎亩[①]阡陌之间，低声说一句“早安”是不济事的，必得扯长了脖子喊一声“你吃过饭啦？”可怪的是，在人烟稠密的所在，人的喉咙还是不能缩小。更可异的是，纸驴嗓、破锣嗓、喇叭嗓、公鸡嗓，并不被一般地认为是缺陷，而且麻衣相法还公然地说，声音洪亮者主贵！

叔本华有一段寓言：

一群豪猪在一个寒冷的冬天挤在一起取暖，但是它们的刺毛开始互相击刺，于是不得不分散开。可是寒冷又把它们驱在一起，于是同样的事故又发生了。最后，经过几番的聚散。它们发现最好是彼此保持相当的距离。同样的，群居的需要使得人形的豪猪聚在一起，只是他们本性中的带刺的令人不快的刺毛使得彼此厌恶。他们最后发现的使彼此可以相安的那个距

① 畎亩：畎是田地中间的沟。畎亩指田地、田野。

离，便是那一套礼貌；凡违犯礼貌者便要受严词警告——用英语来说——请保持相当距离。用这方法，彼此取暖的需要只是相当的满足了；可是彼此可以不至互刺。自己有些暖气的人情愿走得远远的，既不刺人，又可不受人刺。

逃避不是办法。我们只是希望人形的豪猪时常地提醒自己：这世界上除了自己还有别人，人形的豪猪既不止我一个，最好是把自己的大大小小的刺毛收敛一下，不必像孔雀开屏似的把自己的刺毛都尽量地伸张。

沉默

我有一位沉默寡言的朋友。有一回他来看我，嘴边绽出微笑，我知道那就是相见礼，我肃客入座，他欣然就席。我有意要考验他的定力，看他能沉默多久，于是我也打破我的习惯，我也守口如瓶。二人默对，不交一语，壁上的时钟嘀嗒嘀嗒的声音特别响。我忍耐不住，打开一听香烟递过去，他便一支接一支地抽了起来，吧嗒吧嗒之声可闻。我献上一杯茶，他便一口一口地翕呷，左右顾盼，意态萧然。等到茶尽三碗，烟罄半听，主人并未欠伸，客人兴起告辞，自始至终没有一句话。这位朋友，现在已归道山，这一回无言造访，我至今不忘。想不到“闻所闻而来，见所见而去”[①]的那种六朝人的风度，于今之世，尚得见之。

① 东晋时代，钟会仰慕嵇康，约人一起去拜访他。到了以后，嵇康在树下打铁，并不理会他们。钟会起身离开，嵇康问：“何所闻而来？何所见而去？”钟会答：“闻所闻而来，见所见而去。”（出自《世说新语》）

明张鼎思《瑯琊代醉编》有一段记载："刘器之待制对客多默坐，往往不交一谈，至于终日，客意甚倦，或请去，辄不听，至留之再三。有问之者，曰：'人能终日危坐，而不欠伸欹侧，盖百无一二，其能之者必贵人也。'以其言试之，人皆验。"可见对客默坐之事，过去亦不乏其例。不过所谓"主贵"之说，倒颇耐人寻味，所谓贵，一定要有一副高不可攀的神情，纵然不拒人千里之外，至少也要令人生莫测高深之感，所以处大居贵[①]之士多半有一种特殊的本领，两眼望天，面部无表情，纵然你问他一句话，他也能听若无闻，不置可否。这样的人，如何能不贵？因为深沉的外貌，正好掩饰内部的空虚，这样的人最宜于摆在庙堂之上。《孔子家语》明明地写着，孔子"入太祖后稷之庙，庙堂右阶之前有金人焉，三缄其口，而铭其背曰：'古之慎言人也。'"这庙堂右阶的金人，不是为市井细民做榜样的。

謇谔[②]之臣，骨鲠在喉，一吐为快，其实他是根本负有诤谏之责，并不是图一时之快。鸡鸣犬吠，各有所司，若有言官而钳口结舌，宁不有愧于鸡犬？至于一般的仁人君子，没有不愤世忧时的，其中大部分悯默无言，但间或也有"宁鸣而死，

① 处大居贵：位高权重。
② 謇谔：亦作"謇愕"。正直敢言。

不默而生”的人，这样的人可使当世的人为之感喟，为之击节，他不能全名养寿，他只能在将来历史上享受他应得的清誉罢了。在有“不发言的自由”的时候而甘愿放弃这一项自由，这也是个人的自由。在如今这个时代，沉默是最后的一项自由。

有道之士，对于尘劳烦恼早已不放在心上，自然更能欣赏沉默的境界。这种沉默，不是话到嘴边再咽下去，是根本没话可说，所谓“知者不言，言者不知”。世尊在灵山会上，拈花示众，众皆寂然，唯迦叶尊者破颜微笑，这会心微笑胜似千言万语。莲池大师说得好：“世间酽醯醇醴[①]，藏而弥久而弥美者，皆由封锢牢密不泄气故。古人云，‘二十年不开口说话，向后佛也奈何你不得。’旨哉言乎！”二十年不开口说话，也许要把口闷臭，但是吾言道断之后，性水澄清，心珠自现，没有饶舌的必要。基督教 Carthnsian[②]教派也是以沉默静居为修行法门，经常彼此不许说话。“此中有真意，欲辩已忘言”。

庄子说：“吾安得夫忘言之人，而与之言哉？”现在想找真正懂得沉默的朋友，也不容易了。

---

① 酽（yàn）醯（xī）醇（chún）醴（lǐ）：世上所有酒、茶、醋等味道醇厚的东西，储藏越久味道越美，都是因为密封牢固不致泄气的原因。意指人应多思少说，想好了再说。

② Carthnsian：加尔都西会。天主教隐修院修会之一，又称苦修会。因创始于法国加尔都西山中而得名。1084 年由法国人圣布鲁诺创立。规定修行者必须独居一室，苦身、默想、诵经，终身严守静默，只许每周六聚谈一次。

请客

常听人说：“若要一天不得安，请客；若要一年不得安，盖房；若要一辈子不得安，娶姨太太。”请客只有一天不得安，为害不算太大，所以人人都觉得不妨偶一为之。

所谓请客，是指自己家里邀集朋友便餐小酌，至于在酒楼饭店“铺宴席，陈尊俎”，呼朋引类，飞觞醉月，享用的是金樽清酒，玉盘珍馐，最后一哄而散，由经手人员造账报销，那种宴会只能算是一种病狂或是罪孽，不提也罢。

妇主中馈，所以要请客必须先归而谋诸妇。这一谋，有分教，非十天半月不能获致结论，因为问题牵涉太广，不能一言而决。

首先要考虑的是请什么人。主客当然早已内定，陪客的甄选大费酌量。眼睛生在眉毛上边的宦场中人，吃不饱饿不死的教书匠，一身铜臭的大腹贾，小头锐面的浮华少年……若是聚在一个桌上吃饭，便有些像是鸡兔同笼，非常勉强。把素未谋面的人拘在一起，要他们有说有笑，同时食物都能顺利地从咽门下去，也未免强人所难。主人从中调处，殷勤了这一位，怠慢了那一位，想找一些大家都有兴趣的话题亦非易事。所以客人需要分类，不能鱼龙混杂。客的数目视设备而定，若是能把所有该请的客人一网打尽，自然是经济算盘，但是算盘亦不可打得太精。再大的圆桌面也不过能坐十三四个体态中型的人。说来奇怪，客人单身者少，大概都有宝眷，一请就是一对，一桌只好当半桌用。有人请客宽发笺帖，心想总有几位心领谢谢，万想不到人人惠然肯来，而且还有一位特别要好带来一个七八岁的小宝宝！主人慌忙添座，客人谦让"孩子坐我腿上！"大家挤挤攘攘，其中还不乏中年发福之士，把圆桌围得密不透风，上菜需飞越人头，斟酒要从耳边下注，前排客满，主人在二排敬陪。

拟菜单也不简单。任何家庭都有它的招牌菜，可惜很少人肯用其所长，大概是以平素见过的饭馆酒席的局面作为蓝图。家里有厨师厨娘，自然一声吩咐，不再劳心，否则主妇势必亲自下厨操刀动俎。主人多半是擅长理论，真让他切葱剥蒜都未必能够胜任。所以拟定菜单，需要自知之明，临时"钻锅"[①]

① 钻锅：行话。指演出时，演员为扮演自己所不会的角色而临时学习。

翻看食谱未必有济于事。四冷荤，四热炒，四压桌，外加两道点心，似乎是无可再减，大鱼大肉，水陆杂陈，若不能使客人连串的打饱嗝，不能算是尽兴。菜单拟定的原则是把客人一个个的填得嘴角冒油。而客人所希冀的也往往是一场牙祭。有人以水饺宴客，馅子是猪肉菠菜，客人咬了一口，大叫："呦，里面怎么净是青菜！"一般人还是欣赏肥肉厚酒，管它是不是烂肠之食！

宴客的吉日近了，主妇忙着上菜市，挑挑拣拣，拣拣挑挑，又要物美又要价廉，装满两个篮子，半途休憩好几次才能气喘汗流地回到家。泡的，洗的，剥的，切的，闹哄一两天，然后丑媳妇怕见公婆也不行，吉日到了。客人早已折简相邀，难道还会不肯枉驾？不，守时不是我们的传统。准时到达，岂不像是"头如穹庐咽细如针"的饿鬼？要让主人干着急，等他一催请再催请，然后徐徐命驾，姗姗来迟，这才像是大家风范。当然朋友也有特别性急而提早莅临的，那也使得主人措手不及，慌成一团。客人的性格不一样，有人一进门就选一个比较好的座位，两脚高架案上，真是宾至如归；也有人寒暄两句便一头扎进厨房，声称要给主妇帮忙，系着围裙伸着两只油手的主妇连忙谦谢不迭。等到客人到齐，无不饥肠辘辘。

落座之前还少不了你推我让的一幕。主人指定座位，时常无效，除非事前摆好名牌，而且写上官衔，分层排列，秩序井然。敬酒按说是主人的责任。但是也时常有热心人士代为执壶，而且见杯即斟，每斟必满。不知是什么时候什么人兴出来的陋习，几乎每个客人都会双手举杯齐眉，对着在座的每位客人敬酒，一霎间敬完一圈，但见杯起杯落，如“兔儿爷捣碓”。不喝酒的，也要把汽水杯子高高举起，虚应故事，喝酒的也多半是拧眉皱眼地抿那么一小口。一大盘热乎乎的东西端上来了，像翅羹，又像糨糊，一人一勺子，盘底花纹隐约可见，上面撒着的一层芫荽不知被哪一位像芟除毒草似的拨到了盘下，又不知被哪一位从盘下夹到嘴里吃了。还有人坚持海味非蘸醋不可，高呼要醋，等到一碟“忌讳”[1]送上台面，海味早已不见了。菜是一道一道上的，上一道客人喊一次“太丰富，太丰富”，然后埋头大嚼，不敢后人。主人照例谦称：“不成敬意，家常便饭。”心直口快的客人就许提出疑问：“这样的家常便饭，怕不要吃穷了？”主人也只好扑哧一笑而罢。将近尾声的时候，大概总有一位要先走一步，因为还有好几处应酬。这时

① 忌讳：此处指醋。把醋称为忌讳据传是因为唐太宗要为宰相房玄龄纳妾事。房妻不允，太宗命其饮毒酒自尽，房妻喝下后，发现是醋而已。自此，吃醋就成了嫉妒的代名词。而嫉妒不雅，又以“忌讳”来代指了。

候主妇踱了进来，红头涨脸，额角上还有几颗没揩干净的汗珠，客人举杯向她表示慰劳之意，她坐下胡乱吃一些残羹剩炙。

席终，香茗水果伺候，客人靠在椅子上剔牙，这时节应该是客去主人安了。但是不，大家雅兴不浅，谈锋尚健，饭后磕牙，海阔天空，谁也不愿首先言辞，致败人意。最后大概是主人打了一个哈欠而忘了掩口，这才有人提议散会。天下无不散之宴席，奈何奈何？不要以为席终人散，立即功德圆满，地上有无数的瓜子皮，纸烟灰，桌上杯盘狼藉，厨房里有堆成山的盘杯锅勺，等着你办理善后！

送行

“黯然销魂者，唯别而已矣。”遥想古人送别，也是一种雅人深致。古时交通不便，一去不知多久，再见不知何年，所以南浦唱支骊歌，灞桥折条杨柳，甚至在阳关敬一杯酒[①]，都有意味。李白的船刚要启碇，汪伦老远地在岸上踏歌而来，那幅情景真是历历如在眼前。其妙处在于纯朴真挚，出之以潇洒自然。平素莫逆于心，临别难分难舍。如果平常我看着你面目可憎，你觉着我语言无味，一旦远离，那是最好不过，只恨世界太小，唯恐将来又要碰头，何必送行？

在现代人的生活里，送行是和拜寿送殡等一样的成为应

① 南浦、骊歌、灞桥折柳、阳关酒：此处连用四个典故。南浦：南面的水边。后常用称送别之地。《楚辞·九歌·河伯》：“子交手兮东行，送美人兮南浦。”骊歌：先秦时代有一首逸诗名为《骊驹》，为古人离别时所唱的歌，后被人们用以泛指有关离别的诗歌或歌曲。灞桥折柳：灞桥位于西安市城东。唐朝时设有驿站，凡送别亲人好友东去，一般都要送到灞桥后才分手，并折下桥头柳枝相赠（因柳谐音“留”）。久而久之，“灞桥折柳赠别”便成了特有的习俗。阳关酒：语出唐代诗人王维的《送元二使安西》：“劝君更尽一杯酒，西出阳关无故人。”亦为送别之千古名句。

酬的礼节之一。“揪着公鸡尾巴”起个大早，迷迷糊糊地赶到车站码头，挤在乱哄哄人群里面，找到你的对象，扯几句淡话，好容易耗到汽笛一叫，然后作鸟兽散，吐一口轻松气，噘着大嘴回家。这叫作周到。在被送的那一方面，觉得热闹，人缘好，没白混，而且体面，有这么多人舍不得我走，斜眼看着旁边的没人送的旅客，相形之下，尤其容易起一种优越之感，不禁精神抖擞，恨不得对每一个送行的人要握八次手，道十回谢。死人出殡，都讲究要有多少亲友执绋，表示恋恋不舍，何况活人！行色不可不壮。

悄然而行似是不大舒服，如果别的旅客在你身旁耀武扬威地与送行的话别，那会增加旅中的寂寞。这种情形，中外皆然。Max Beerbohm①写过一篇《谈送行》，他说他在车站上见一位以演剧为业的老朋友在送一位女客，始而喁喁情话，俄而泪湿双颊，终乃汽笛一声，勉强抑止哽咽，向女郎频频挥手，目送良久而别。原来这位演员是在做戏，他并不认识那位女郎，他是属于“送行会”的一个职员，凡是旅客孤身在外而愿有人到站相送的，都可以到“送行会”去雇人来送。这位演员出身的人当然是送行的高

① 马克斯・比尔博姆Max Beerbohm，（1872—1956）：英国散文家，剧评家，漫画家，曾侨居意大利二十年左右。

手，他能放进感情，表演逼真。客人纳费无多，在精神上受惠不浅。尤其是美国旅客，用金钱在国外可以购买一切，如果“送行会”真的普遍设立起来，送行的人也不虞缺乏了。

送行既是人生中所不可少的一件事，送行的技术也便不可不注意到。如果送行只限于到车站码头报到，握手而别，那么问题就简单，但是我们中国的一切礼节都把“吃”列为最重要的一个项目。一个朋友远别，生怕他饿着走，饯行是不可少的，恨不得把若干天的营养都一次囤积在他肚里。我想任何人都有这种经验，如有远行而消息外露（多半还是自己宣扬），他有理由期望着饯行的帖子纷至沓来，短期间家里可以不必开伙。还有些思虑更周到的人，把食物携在手上，亲自送到车上船上，好像是你在半路上会挨饿的样子。

我永远不能忘记最悲惨的一幕送行。一个严寒的冬夜，车站上并不热闹，客人和送客的人大都在车厢里取暖，但是在长得没有止境的月台上却有黑压压的一堆送行的人，有的围着斗篷，有的戴着风帽，有的脚尖在洋灰地上敲鼓似的乱动，我走近一看全是熟人，都是来送一位太太的。车快开了，不见她的踪影，原来在这一晚她还有几处饯行的宴会。在最后的一分钟，她来了。送行的人们觉得是在接一个人，不是在送一个人，一见她来到大家都表示喜欢，所有惜别之意都来不及表现了。她手上抱着一个孩子，吓得直哭，另一只手扯着一个孩子，连跑带拖。她的头发蓬松着，嘴里喷着热气像是冬天载重的骡子，她顾不得和送行的人周旋，三步两步地就跳上了车。这时候车已在蠕动。送行的人大部分都手里提着一点东西，无法交付，可巧我站在离车门最近的地方，大家把礼物都交给了我，“请您偏劳给送上去吧！”我好像是一个圣诞老人，抱着一大堆礼物。我一个箭步蹿上了车，我来不及致辞，把东西往她身上一扔，回头就走，从车上跳下来的时候，打了几个转才立定脚跟。事后我接到她一封信，她说：

那些送行的都是谁？你丢给我那一堆东西，到底是谁送的？我在车上整理了好半天，才把那堆东西聚拢起来打成一个大包袱。朋友们的盛情算是给我添了一件行李。我愿意知道哪一件东西是哪一位送的，你既是代表送上车的，你当然知道，盼速见告。

计开

水果三筐，泰康罐头四个，果露两瓶，蜜饯四盒，饼干四罐，豆腐乳四罐，蛋糕四盒，西点八盒，纸烟八听，信纸信封一匣，丝袜两双，香水一瓶，烟灰碟一套，小钟一具，衣料两块，酱菜四篓，绣花拖鞋一双，大面包四个，咖啡一听，小宝剑两把……

这问题我无法答复，至今是个悬案。

我不愿送人，亦不愿人送我。对于自己真正舍不得离开的人，离别的那一刹那像是开刀，凡是开刀的场合照例是应该先用麻醉剂，使病人在迷蒙中度过那场痛苦，所以离别的苦痛最好避免。一个朋友说，“你走，我不送你；你来，无论多大风多大雨，我要去接你。”我最赏识那种心情。

谈话的艺术

一个人在谈话中可以采取三种不同的方式，一是独白，一是静听，一是互话。

谈话不是演说，更不是训话，所以一个人不可以霸占所有的时间，不可以长篇大论地絮聒不休，旁若无人。有些人大概是口部筋肉特别发达，一开口便不能自休，绝不容许别人插嘴，话如连珠，音容并茂。他讲一件事能从盘古开天地讲起，慢慢地进入本题，亦能枝节横生，终于忘记本题是什么。这样霸道的谈话者，如果他言谈之中确有内容，所谓“吐佳言如锯木屑，霏霏不绝”①，亦不难觅取听众。在英国文人中，约翰逊博士是一个著名的例子。在咖啡店里，他一开口，老鼠都不敢叫。那个结结巴巴的高尔斯密一插嘴便触霉头。Sir Oracle ②在

① 嘴里吐出来的好词妙句像木工锯木头时飘落的锯末子，不停地飞扬。出自《晋书·胡毋辅之传》：尝与人书曰：“彦国吐佳言如锯木屑，霏霏不绝。”

② Oracle：意为神谕、神的使者、圣人、哲人、聪明人。

说话，谁敢出声？约翰逊之所以被称为当时文艺界的独裁者，良有以也。学问风趣不及约翰逊者，必定是比较的语言无味，如果喋喋不已，如何令人耐得。

有人也许是以为嘴只管吃饭而不做别用，对人乃钳口结舌，一言不发。这样的人也是谈话中所不可或缺的，因为谈话，和演戏一样，是需要听众的，这样的人正是理想的听众。欧洲中古时代的一个严肃的教派 Carthusian monks 以不说话为苦修精进的法门之一，整年地不说一句话，实在不易。那究竟是方外人，另当别论，我们平常人中却也有人真能寡言。他效法金人之三缄其口，他的背上应有铭曰："今之慎言人也。"你对他讲话，他洗耳恭听，你问他一句话，他能用最经济的辞句把你打发掉。如果你恰好也是"毋多言，多言多败"的信仰者，相对不交一言，那便只好共听壁上挂钟之嘀嗒嘀嗒了。钟会之与嵇康，则由打铁的叮当声来破除两人间之岑寂。这样的人现代也有，相对无言，莫逆于心，吧嗒吧嗒地抽完一包香烟，兴尽而散。无论如何，老于世故的人总是劝人多听少说，以耳代口，凡是不大开口的人总是令人莫测高深；口边若无遮拦，则容易令人一眼望到底。

谈话，和作文一样，有主题，有腹稿，有层次，有头尾，不可语无伦次。写文章肯用心的人就不太多，谈话而知道剪裁的就更少了。写文章讲究开门见山，起笔最要紧，要来得挺拔而突兀，或是非常爽朗，总之要引人入胜，不同凡响。谈话亦然。开口便谈天气好坏，当然亦不失为一种寒暄之道，究竟缺乏风趣。常见有客来访，宾主落座，客人徐徐开言："您没有出门啊？"主人除了重申"我没有出门"这一事实之外没有法子再做其他的答话。谈公事，讲生意，只求其明白清楚，没有什么可说的。一般的谈话往往是属于"无题""偶成"之类，没有固定的题材，信手拈来，自有情致。情人们喁喁私语，总是有说不完的话题，谈到无可再谈，则"此时无声胜有声"了。老朋友们剪烛西窗，班荆道故[①]，上下古今无不可谈，其间并无定则，只要对方不打哈欠。禅师们在谈吐间好逞机锋，不落迹象，那又是一种境界，不是我们凡夫俗子所能企望得到的。善谈和健谈不同，健谈者能使四座生春，但多少有点霸道，善谈者尽管舌灿莲花，但总还要给别人留些说话的机会。

话的内容总不能不牵涉到人，而所谓人，则不是别人便是自己。谈论别人则东家长西家短全成了上好的资料，专门隐

① 班：铺开；道：叙说。用荆铺在地上坐在上面谈说过去的事情。形容老朋友在路上碰到了，坐下来谈谈别后的情况。

恶扬善则内容枯燥听来乏味，揭人阴私则又有伤口德，这其间颇费斟酌。英文 gossip 一字原义是“教父母”，尤指教母，引申而为任何中年以上之妇女，再引申而为闲谈，再引申而为飞短流长，而为长舌妇，可见这种毛病由来有自，“造谣学校”之缘起亦在于是，而且是中外皆然。不过现在时代进步，这种现象已与年纪无关。谈话而专谈自己当然不会伤人，并且缺德之事经自己宣扬之后往往变成为值得夸耀之事。不过这又显得“我执”太深，而且最关心自己的事的人，往往只是自己。英文的“我”字，是大写字母的 I，有人已嫌其夸张，如果谈起话来每句话都用“我”字开头，不更显得自我本位了么？

在技巧上，谈话也有些个禁忌。“话到口边留半句”，只是劝人慎言，却有人认真施行，真个地只说半句，其余半句要由你去揣摩，好像文法习题中的造句，半句话要由你去填充。有时候是光说前半句，要你猜后半句；有时候是光说后半句，要你想前半句。一段谈话中若是破碎的句子太多，在听的方面不加整理是难以理解的。费时费事，莫此为甚。我看在谈话时最好还是注意文法，多用完整的句子为宜。另一极端是，唯恐听者印象不深，每一句话重复一遍，这办法对于听者的忍耐力实在要求过奢。谈话的腔调与嗓音因人而异，有的如破锣，有的如公鸡，有的行腔使气有板有眼，有的回肠荡气如怨如诉，有的于每一句尾加上一串咯咯的笑，有的于说完一段话之后像鲸鱼一般喷一口大气，这一切都无关宏旨，要紧的是说话的声音之大小需要一点控制。一开口便血脉贲张，声震屋瓦，不久便要力竭声嘶，气急败坏，似可不必。另有一些人的谈话别有公式，把每句中的名词与动词一律用低音，甚至变成耳语，令听者颇为吃力。有些人唾腺特别发达，三言两句之后嘴角上便积有两滩如奶油状的泡沫，于发出重唇音的时候便不免星沫四溅，真像是痰唾珠玑。人与人相处，本来易生摩擦，谈话时也要保持距离，以策安全。

谈友谊

朋友居五伦之末，其实朋友是极重要的一伦。所谓友谊实即人与人之间的一种良好的关系，其中包括了解、欣赏、信任、容忍、牺牲……诸多美德。如果以友谊作基础，则其他的各种关系如父子夫妇兄弟之类均可圆满地建立起来。当然父子兄弟是无可选择的永久关系，夫妇虽有选择余地但一经结合便以不再仳离为原则，而朋友则是有聚有散可合可分的。不过，说穿了，父子、夫妇、兄弟都是朋友关系，不过形式性质稍有不同罢了。严格地讲，凡是充分具备一个朋友的条件的人，他一定也是一个好父亲、好儿子、好丈夫、好妻子、好哥哥、好弟弟。反过来亦然。

我们的古圣先贤对于交友一端是甚为注重的。《论语》里面关于交友的话很多，在西方亦是如此。罗马的西塞罗有一篇著名的《论友谊》，法国的蒙田、英国的培根、美国的爱默生，都有论友谊的文章。我觉得近代的作家在这个问题上似乎不大肯费笔墨了。这是不是叔季之世[①]友谊没落的象征呢，我不敢说。

古之所谓“刎颈交”，陈义过高，非常人所能企及。如 Damon 与 Pythias[②]，David 与 Jonathan[③]，怕也只是传说中的美谈吧。就是把友谊的标准降低一些，真正能称得起朋友的还是很难得。试想一想，如果银钱经手的事，你信得过的朋友能有几人？在你蹭蹬失意或疾病患难之中还肯登门拜访乃至雪中送炭的朋友又有几个？你出门在外之际对于你的妻室弱媳肯加照顾而又不照顾得太多者又有几人？再退一步，平素投桃报李，莫逆于心，能维持长久于不坠者，又有几人？总角之交，如无特别利害关系以为维系，恐怕很难在若干年后不变成为路人。富兰克林说：“有三个朋友是忠实可靠的——老妻，老狗，与现款。”妙的是这三个朋友都不是朋友。倒是亚里士多德的一句话最干脆：“我的朋友们呀！世界上根本没有朋友。”这

① 叔季之世：古时少长顺序按伯、仲、叔、季排列，叔季在兄弟中排行最后，比喻末世将乱的时代。

② Damon and Pythias：Damon 是罗马神话中的西西里人，与 Pythias 为生死之交。

③ David and Jonathan：二人之间的友情故事来自于圣经。Jonathan（约拿单）是扫罗王之子，与 David（大卫）是挚友。扫罗王因嫉妒大卫的才能，想要杀死他，约拿单却对他百般保护。后来大卫替代扫罗成为以色列王。此后，David and Jonathan 在西方谚语中被作可以生死与共的挚友的代名词。

些话近于愤世嫉俗，事实上世界上还是有朋友的，不过虽然无须打着灯笼去找，却是像沙里淘金而且还需要长时间的洗练。一旦真铸成了友谊，便会金石同坚，永不退转。

大抵物以类聚，人以群分。臭味相投，方能永以为好。交朋友也讲究门当户对，纵不必像九品中正那么严格，也自然有个界线。“同学少年多不贱，五陵裘马自轻肥”，于“自轻肥”之余还能对着往日的旧游而不把眼睛移到眉毛上边去么？汉光武帝容许严子陵把他的大腿压在自己的肚子上，固然是雅量可风，但是严子陵毅然决然地归隐富春山，则尤为知趣。朱洪武写信给他的一位朋友说：“朱元璋做了皇帝，朱元璋还是朱元璋……”话自管说得漂亮，看看他后来诛戮功臣，也就不免令人心悸。人的身心构造原是一样的，但是一入宦途，可能发生突变。孔子说：“无友不如己者。”我想一来指品学而言，二来只是说不要结交比自己坏的，并没有说一定要我们去高攀。友谊需要两造，假如双方都想结交比自己好的，那便永远交不起来。

好像是王尔德说过，“一个男人与一个女人之间是不可能有友谊存在的。”就一般而论，这句话是对的，因为男女之间如有深厚的友谊，那么友谊容易变质，如果不是心心相印，那又算不得是友谊。过犹不及，那分际是难以把握的。忘年交倒是可能的。祢衡年未二十，孔融年已五十，便相交友，这样的例子史不绝书，但似乎是也以同性为限。并且以我所知，忘年之交形成固有赖于兴趣之相近与互相器赏，但年长的一方多少需要保持一点童心，年幼的一方面多少需要几分老成。老气横秋则令人望而生畏，轻薄儇佻则人且避之若浼[①]。单身的人容易交朋友，因为他的情感无所寄托，漂泊流离之中最需要一个一倾积愫的对象，可是等到有红袖添香稚子候门的时候，心境便不同了。

“君子之交淡如水”，因为淡所以才能不腻，才能持久。“与朋友交，久而敬之。”敬也就是保持距离，也就是防止过分亲昵。不过“狎而敬之”是很难的。最要注意的是，友谊不可透支，总要保留几分。Mark Twain[②]说：“神圣的友谊之情，其性质是如此的甜蜜、稳定、忠实、持久，可以终身不渝，如果不开口向你借钱。”这真是慨乎言之，朋友本有通财之谊，但这是何等微妙的一件事！世上最难忘的事是借出的钱一般认为最倒霉的事又莫过于还钱。一牵涉到钱，恩怨便很难算得清楚，

① 避之若浼：浼，污染。指躲避唯恐不及，生怕玷污了自身。
② Mark Twain：马克·吐温(1835—1910)，美国小说家。

多少成长中的友谊都被这阿堵物[1]所戕害！

规劝乃是朋友中间应有之义，但是谈何容易。名利场中，沆瀣一气，自己都难以明辨是非，哪有余力规劝别人？而在对方则又良药苦口忠言逆耳，谁又愿意让人批评他的逆鳞？规劝不可当着第三者的面行之，以免伤他的颜面，不可在他情绪不宁时行之，以免逢彼之怒。孔子说：“忠告则善道之，不可则止。”我总以为劝善规过是友谊的消极的作用。友谊之乐是积极的。只有神仙与野兽才喜欢孤独，人是要朋友的。“假如一个人独自升天，看见宇宙的大观，群星的美丽，他并不能感到快乐，他必要找到一个人向他述说他所见到的奇景，他才能快乐。”共享快乐，比共受患难，应该是更正常的友谊中的趣味。

① 阿堵物：即钱。“阿堵”为六朝时口语“这个”意。时人王夷甫因雅癖而从不言“钱”字，其妻故将铜钱堆绕床前，夷甫晨起，呼婢“举却阿堵物（搬走这个东西）”，仍不言钱。

礼貌

前些年有一位朋友在宴会后引我到他家中小坐。推门而入，看见他的一位少爷正躺在沙发椅上看杂志。他的姿势不大寻常，头朝下，两腿高举在沙发靠背上面，倒竖蜻蜓。他不怕这种姿势可能使他吃饱了饭吣出来，这是他的自由。我的朋友喊他一声："约翰！"他好像没听见，也许是太专心看杂志了。我的朋友又说："约翰！起来喊伯伯！"他听见了但是没有什么反应，继续看他的杂志，只是翻了一下白眼。我的朋友有点窘，就好像耍猴子的敲一声锣教猴子翻筋斗而猴子不肯动，当下喃喃地自言自语："这孩子，没礼貌！"我心里想：他没有跳起来一拳把我打出门外，已经是相当有礼貌了。

礼貌之为物，随时随地而异。我小时在北平，常在街上看见戴眼镜的人（那时候的眼镜都是两个大大的滴溜圆的镜片，配上银质的框子和腿）。他一遇到迎面而来的熟人，老远地就唰的一下把眼镜取下，握在手里，然后向前紧走两步，两人同时口中念念有词互相蹲一条腿请安。我至今不明白为什么二人相见要先摘下眼镜。戴着眼镜有什么失敬之处？如今戴眼镜的人太多了，有些人从小就成了四眼田鸡，摘不胜摘，也就没人见人摘眼镜了。可见礼貌随时而异。

人在屋里不可以峨大冠[①]，中外皆然，但是在西方则女人有特权，屋里可以不摘帽子。尤其是从前的西方妇女，她们的帽子特大，常常像是头上顶着一个大鸟窝，或是一个大铁锅，或是一个大花篮，奇形怪状，不可方物。这种帽子也许戴上摘下都很费事，而且摘下来也难觅放置之处，所以妇女可以在室内不摘帽子。多半个世纪之前，有一次在美国，我偕友进入电影院，落座之后，发现我们前排座位上有两位戴大花冠的妇人，正好遮住我们的视线。我想从两顶帽子之间的空隙看银幕亦不可得，因为那两顶帽子不时地左右移动。我忍耐不住，用我们的国语低声对我的友伴说："这两个老太婆太可恶了，大帽子使得我无法看电影。"话犹未了，一位老太婆转过头来，用相当纯正的中国话对我说："你们二位是刚从中国来的吗？"言罢把帽除去。我窘不可言。她戴帽子不失礼，我用中国话背后

① 峨大冠：戴高而大的帽子。

斥责她，倒是我没有礼貌了。可见礼貌也是随地而异。

西方人的家是他的堡垒，不容闲杂人等随便闯入，朋友访问以时，而且照例事前通知。我们在这一方面的礼貌好像要差一些。我们的中上阶级人家，两家可以共用一垛墙，跨出门不需要几步就到了邻舍，就容易有所谓串门子闲聊天的习惯。任何人吃饱饭后没事做，都可以踱到别人家里闲嗑牙，也不管别人是否有工夫陪你瞎嚼蛆。有时候去的真不是时候，令人窘，例如在人家睡的时候，或吃饭的时候，或工作的时候，实在诸多不便，然而一般人认为这不算是失礼。一聊没个完，主人打哈欠，看手表，客人无动于衷，宾至如归。这种串门子的陋习，如今少了，但未绝迹。

探病是礼貌，也是艺术。空手去也可以，带点东西来也无妨。要看彼此的关系和身份加以斟酌。有的人病房里花篮堆积如山，像是店铺开张，也有病人收到的食物冰箱里装不下。探病不一定要面带戚容，因为探病不同于吊丧，但是也不宜高谈阔论有说有笑，因为病房里究竟还是有一个病人。别停留过久，因为有病的人受不了，没病的人也受不了。除非是特别亲近的人，我想寄一张探病的专用卡片不失为彼此两便之策。

吊丧是最不愉快的事，能免则免。与死者确有深交，则不免拊棺一恸。人琴俱亡[①]，不执孝子手而退[②]，抚尸陨涕，滚地做驴鸣而为宾客笑[③]都不算失礼。吊死者曰吊，吊生者曰唁。对生者如何致唁语，实在难于措辞。我曾见一孝子陪灵，并不匍匐地上，而是跷起二郎腿坐在椅子上，嘴里叼着纸烟，悠然自得。这是他的自由，然而不能使吊者大悦。西俗，吊客照例绕棺瞻仰遗容。我不知道遗容有什么好瞻仰的，倒是我们的习惯把死者的照片放大，高悬灵桌之上，供人吊祭，比较合理。或多或少患有“恐尸症”的人，看了面如黄蜡白蜡的一张面孔，会心里难过好几天，何苦来哉？在殡仪馆的院子里，通常麇集着很多的吊客，不像是吊客，像是一群人在赶集，热闹得很。

关于婚礼，我已谈过不止一次，不再赘。

饮宴之礼，无论中西都有一套繁文缛节。我们现行的礼

① 出自《世说新语·伤逝》：王子猷（王徽之）、子敬（王献之）俱病笃，而子敬先亡。子猷问左右：“何以都不闻消息？此已丧矣。”语时了不悲。便索舆来奔丧，都不哭。子敬素好琴，便径入坐灵床上，取子敬琴弹，弦既不调，掷地云：“子敬子敬，人琴俱亡。”因恸绝良久，月余亦卒。

② 自《世说新语·伤逝》：顾彦先平生好琴，及丧，家人常以琴置灵床上。张季鹰往哭之，不胜其恸，遂径上床鼓琴，作数曲竟，抚琴曰：“顾彦先颇复赏此不？”因又大恸，遂不执孝子手而出。依照古礼，宾客吊丧过后，临走时要与孝子握手，以示安慰。不握孝子手，表明伤痛之极，以至于忽略了礼数。

③ 出自《世说新语·伤逝》。王济去世后，名士们都来吊唁。孙楚后到，面对尸体痛哭，客人们也受感染跟着流泪。孙楚哭罢，对着灵床说：“你一直喜欢我学驴叫，今天我学给你听。”他叫的声音和真的一样，客人们都笑了。孙楚抬起头来说道：“让你们这些人活着，却让这样的人死了！”

节之最令人厌烦的莫过于敬酒。主人敬酒是题中应有之义，三巡也就够了，客人回敬主人，也不可少，唯独客人与客人之间经常不断地举杯，此起彼落，也不管彼此是否相识，也一一地皮笑肉不笑地敬酒，有些人根本不喝酒，举起茶杯汽水杯充数。有时候正在低头吃东西，对面有人向你敬酒，你若没有察觉，对方难堪，你若随时敷衍，不胜其扰。这种敬酒的习惯，不中不西，没有意义，应该简化。还有一项陋习就是劝酒，说好说歹，硬要对方干杯，创出“先干为敬”的谬说，要挟威吓，最后是捏着鼻子灌酒，甚至演出全武行，礼貌云乎哉？

守时

《史记》五十五《留侯世家》，记载圯上老人授书张良的故事，甚为生动："从五日平明，与我会此。"良因怪之，跪曰："诺。"五日平明，良往，父已先至，怒曰："与老人期，何后也？"去曰："后五日早会。"五日鸡鸣，良往，父又先在，复怒曰："何后也？"去曰："后五日复早来。"五日良夜未半往。有顷，父亦来，喜曰："当如是。"

老人与良约会三次。第一次平明为朝，平明就是天刚亮，语义相当含糊，天亮到什么程度才算是平明，本难确定。"东方未明"是一阶段，"东方未晞"又是一阶段，等到东方天际泛鱼肚色则又是一阶段。良平明往，未落日出之后，就不算是迟到。老人发什么脾气？说什么"与老人期"之倚老卖老的话？第二次约，时间更不明确，只说早一点去。良鸡鸣往，"鸡既鸣矣"，就是天明以前的一刹那，事实上已经提早到达，还嫌太晚。第三次良夜未半往，夜未半即是午夜以前，这一次才满老人意。既然如此，为什么不早明说，虽然这是老人有意测验年轻人的耐性，但也不必这样蛮不讲理地折磨人。有人问我，假如遇见这样的一个老人作何感想，我说我愿效禅师的说法：“大喝一声，一棒打杀！”

黄石公的故事是神话。不过守时却是古往今来文明社会共有的一个重要的道德信念。远古的时候问题简单，日出而作，日入而息，根本没有精确的时间观念，而且人与人要约的事恐怕也不太多。《易·系辞》所谓“日中为市，致天下之民，聚天下之货，交易而退，各得其所”，不失为大家在时间上共立的一个标准，晚近的庙会市集，也还各有其约定俗成的时期规格。自从有了漏刻，分昼夜为百刻，一天之内才算有正确时间可资遵循。周有挈壶氏，自唐至清有挈壶正，是专管时间的官员。沙漏较晚，制在元朝。到了近年，也还有放午炮之说。现代的准确计时之器，如钟表之类，则是明朝的舶来品，“明万历二十八年，大西洋人利玛窦来献自鸣钟。”（《续通考·乐考》）嗣后自鸣钟在国内就大行其道。我小时候在三贝子花园畅观楼内，尚及见清朝洋人所贡各式各样的自鸣钟，金光灿烂，洋洋大观。在民间几乎家家案上正中央都有一架自鸣钟，用一把钥匙上弦，昼夜按时刻叮叮当当地响。外国人家墙上常见的鹤鸣钟，一只小鸟从一个小门跳出来报时，在国内尚比较少见。好像我们老一辈的中国人特别喜爱钟表，除了背心上特缝好几个小衣袋专放怀表之外，比较富裕人家墙上还常有一个硬木螺钿玻璃门的表柜，里面挂着二三十只形形色色的表，金的、银的，景泰蓝的、闷壳的，甚至背面壳里藏有活动秘戏图的，非如此不足以餍其收藏癖。至于如今的手表（实际是腕表），则高官大贾以至贩夫走卒无不备有一只了。

普遍的有了计时的工具，若是大家不知守时，又有何用？普通的衙门机关之类都定有办公时间，假如说是八点开始，到时候去看看，就会知道那是怎么一回事。大抵较低级的人员比较守时，虽然其中难免有几位忙着在办事桌上吃豆浆油条。首长及高级人员大概就姗姗来迟了，他们还有一套理由，只有到了十点左右，办稿拟稿逐层旅行的公文才能到达他们手里，早去了没有用。至于下班的时间，则大家多半知道守时，眼巴巴地望着时钟，谁也不甘落后。

和民众接触最频繁的莫过于银行邮局，可是在门前逡巡好久，进门烧头炷香的顾客不见得立刻就能受理，往往还要伫候一阵子，因为柜台后面的先生小姐可能很忙，忙着打开保险柜，忙着搬运文件，忙着清理卡片，忙着数钞票，忙着调整戳印，甚至于忙着泡茶，在在都需要时间，顾客们要少安毋躁。

朋友宴客，有一两位照例迟到，一碟瓜子大家都快嗑完了，主人急得团团转，而那一两位客偏不来。按说“后至者诛”[①]才是正理，但是后至者往往正是主客或是贵宾，所以必须虚上席以待。旧日戏园演戏，只有两盏汽油灯为照明之具，等到名角出台亮相，则几十盏电灯一齐照耀，声势非凡。有迟到之癖的客人大概是以名角自居，迟到之后不觉得歉然，反倒有得色。而迟到的人可能还要早退，表示另有一处要应酬，也许只是虚晃一招，实际是回家吃碗蛋炒饭。

要守时，但不一定要分秒不差，那就是苛求了。但也不能距约定时间太远，甲欲访乙，先打电话过去商洽，这是很有礼貌的行为，甲问什么时候驾临，乙说马上就去。问题就出在这“马上”二字，甲忘了询问是什么马，是“竹披双耳峻，风入四蹄轻”的胡马，还是“皮干剥落，毛暗萧条”的瘦马，是练习纵跃用的木马，还是渡过了康王的泥马[②]。和人邀约，害得

① 后至者诛：大禹治完了水之后就在涂山上大会诸侯，史称涂山大会。一个叫防风氏的来迟了，禹就把他给杀了。后世引为后至者诛，大概是说耽误事了就要受到严厉的惩罚。

② 山东肥城一带有一个神话传说：北宋末年，时为康王的赵构赴金营为人质，金兵押其北上，途中赵构脱逃，逃至磁州时，夜宿崔府君庙，梦神人告知金兵将至，赵构惊醒，见庙外已备有马匹，遂乘马狂奔。这匹马载着赵构渡过黄河后化为泥塑之马才知是庙前泥马。

对方久等，揆诸时间即生命之说，岂是轻轻一声抱歉所能赎其罪愆？

守时不是容易事，要精神总动员。要不要先整其衣冠，要不要携带什么，要不要预计途中有多少红灯，都要通过大脑盘算一下。迟到固然不好，早到亦非万全之策，早到给自己找烦恼，有时候也给别人以不必要的窘。黄石公那段故事是例外，不足为训。记得莎士比亚有一句戏词：“赴情人约，永远是早到。”情人一心一意地在对方身上，不肯有分秒的延误，同时又怕对方忍受枯守之苦，所以“月上柳梢头，人约黄昏后”，老早的就去等着，“月移花影动，疑是玉人来”[①]了。

我们能不能推爱及于一切邀约，大家都守时？

---

① 此句来自元杂剧《西厢记》中崔莺莺写给张生的一首诗。大意为在墙边等待情人，月亮移动花影跟着移动，误以为是伊人来了。

应酬话

两位素未谋面的人，一旦遇到了，经人略一介绍，或竟未经介绍，马上就要攀谈起来，并且要做出十分亲热的样儿，这不是一件容易事，非善于应酬者不办。

初出茅庐的后生小子，会到生人，面红耳赤，手忙脚乱，一句人话也说不出，假如旁边有一座钟，恐怕只有钟声嘀嘀嗒嗒地响着。善于应酬者，则不然了，他能于请教“尊姓”“大名”“台甫”“府上”之后，额外寻出一套趣味浓厚的应酬话。其中的精粹，可以略举一二如下：

“今天的天气热啊！”

“是的，这两天热得难过。”

“下一阵雨就好了。”

“可不是，下一阵雨至少要凉快好几天呢。”

这样地谈下去，可以延长到半点多钟，而讨论的范围不出“天气”一端。旁边的人看着将不禁啧啧称叹曰：这两位士兄多么漂亮！多么健谈！多么会应酬！应酬至此，真可以出而问世矣！

但是除了天气之外，还有可谈的事物没有？凡是自己能辨明天气之冷热的人，常常感觉到，语言无味，还不如免开尊口，比较的可以令人不致笑出声来。

骂人的艺术

古今中外没有一个不骂人的人。骂人就是有道德观念的意思，因为在骂人的时候，至少在骂人者自己总觉得那人有该骂的地方。何者该骂，何者不该骂，这个抉择的标准，是极道德的。所以根本不骂人，大可不必。骂人是一种发泄感情的方法，尤其是那一种怨怒的感情。想骂人的时候而不骂，时常在身体上弄出毛病，所以想骂人时，骂骂何妨。

但是，骂人是一种高深的学问，不是人人都可以随便试的。有因为骂人挨嘴巴的，有因为骂人吃官司的，有因为骂人反被人骂的，这都是不会骂人的缘故。今以研究所得，公诸同好，或可为骂人时之一助乎？

一、知己知彼

骂人是和动手打架一样的，你如其敢打人一拳，你先要自己忖度下，你吃得起别人的一拳否。这叫作知己知彼。骂人也是一样。譬如你骂他是“屈死”，你先要反省，自己和“屈死”有无分别。你骂别人荒唐，你自己想想曾否吃喝嫖赌，否则别人回敬你一二句，你就受不了。所以别人有着某种短处，而足下也正有同病，那么你在骂他的时候只得割爱。

二、无骂不如己者

要骂人须要挑比你大一点的人物，比你漂亮一点的或者比你坏得万倍而比你得势的人物。总之，你要骂人，那人无论在好的一方面或坏的一方面都要能胜过你，你才不吃亏。你骂大人物，就怕他不理你，他一回骂，你就算骂着了。在坏的一方面胜过你的，你骂他就如教训一般，他即便回骂，一般人仍不会理会他的。假如你骂一个无关痛痒的人，你越骂他他越得意，时常可以把一个无名小卒骂出名了，你看冤与不冤？

三、适可而止

骂大人物骂到他回骂的时候，便不可再骂；再骂则一般人对你必无同情，以为你是无理取闹。骂小人物骂到他不能回骂的时候，便不可再骂；再骂下去则一般人对你也必无同情，以为你是欺负弱者。

四、旁敲侧击

他偷东西，你骂他是贼；他抢东西，你骂他是盗，这是笨伯。骂人必须先明虚实掩映之法，须要烘托旁衬，旁敲侧击，于要紧处只一语便得，所谓杀人于咽喉着刀。越要骂他你越要原谅他，即便说些恭维话亦不为过，这样的骂法才能显得你所骂的句句是真实确凿，让旁人看起来也可见得你的度量。

五、态度镇定

骂人最忌浮躁。一语不合，面红筋跳，暴躁如雷，此灌夫骂座、泼妇骂街之术，不足以骂人。善骂者必须态度镇静，行若无事。普通一般骂人，谁的声音高便算谁占理，谁来得势猛便算谁骂赢，唯真善骂人者，乃能避其锐而击其懈。你等他骂得疲倦的时候，你只消轻轻地回敬他一句，让他再狂吼一阵。在他暴躁不堪的时候，你不妨对他冷笑几声，包管你不费力气，把他气得死去活来，骂得他针针见血。

六、出言典雅

骂人要骂得微妙含蓄，你骂他一句要使他不甚觉得是骂，等到想过一遍才慢慢觉悟这句话不是好话，让他笑着的面孔由白而红，由红而紫，由紫而灰，这才是骂人的上乘。欲达到此种目的，深刻之用词故不可少，而典雅之言词尤为重要。言词典雅则可使听者不致刺耳。如要骂人骂得典雅，则首先要在骂时万万别提起女人身上的某一部分，万万不要涉及生理学范围。骂人一骂到生理学范围以内，底下再有什么话都不好说了。譬如你骂某甲，千万别提起他的令堂令妹。因为那样一来，便无是非可言，并且你自己也不免有令堂令妹，他若回敬起来，岂非势均力敌，半斤八两？再者骂人的时候，最好不要加人以种种难堪的名词，称呼起来总要客气，即使他是极卑鄙的小人，你也不妨称他先生，越客气，越骂得有力量。骂的时节最好引用他自己的词句，这不但可以使他难堪，还可以减轻他对你骂的力量。俗话少用，因为俗话一览无遗，不若典雅古文曲折含蓄。

七、以退为进

两人对骂，而自己亦有理屈之处，则处于开骂伊始，特宜注意，最好是毅然将自己理屈之处完全承认下来，即使道歉认错均不妨事。先把自己理屈之处轻轻遮掩过去，然后你再重整旗鼓，咄咄逼人，方可无后顾之忧。即使自己没有理屈的地方，也绝不可自行夸张，务必要谦逊不遑，把自己的位置降到一个不可再降的位置，然后骂起人来，自有一种公正光明的态度。否则你骂他一两句，他便以你个人的事反唇相讥，一场对骂，会变成两人私下口角，是非曲直，无从判断。所以骂人者自己要低声下气，此所谓以退为进。

八、预设埋伏

你把这句话骂过去，你便要想想看，他将用什么话骂回来。有眼光的骂人者，便处处留神，或是先将他要骂你的话替他说出来，或是预先安设埋伏，令他骂回来的话失去效力。他骂你的话，你替他说出来，这便等于缴了他的械一般。预设埋伏，便是在要攻击你的地方，你先轻轻地安下话根，然后他骂过来就等于枪弹打在沙包上，不能中伤。

九、小题大做

如对方有该骂之处，而题目身小，不值一骂，或你所知不多，不足一骂，那时节你便可用小题大做的方法，来扩大题目。先用诚恳而怀疑的态度引申对方的意思，由不紧要之点引到大题目上去，处处用严谨的逻辑逼他说出不合逻辑的话来，或是逼他说出合于逻辑但不合乎理的话来，然后你再大举骂他，骂到体无完肤为止，而原来惹动你的小题目，轻轻一提便了。

十、远交近攻

一个时候，只能骂一个人，或一种人，或一派人。决不宜多树敌。所以骂人的时候，万勿连累旁人，即使必须牵涉多人，你也要表示好意，否则回骂之声纷至沓来，使你无从应付。

骂人的艺术，一时所能想起来的有上面十条，信手拈来，并无条理。我做此文的用意，是助人骂人。同时也是想把骂人的技术揭破一点，供爱骂人者参考。挨骂的人看看，骂人的心理原来是这样的，也算是揭破一张黑幕给你瞧瞧！

排队

“民权初步”讲的是一般开会的法则，如果有人撰一续编，应该是讲排队。

如果你起个大早，赶到邮局烧头炷香，柜台前即使只有你一个人，你也休想能从容办事，因为柜台里面的先生小姐忙着开柜子、取邮票文件、调整邮戳，这时候就有顾客陆续进来，说不定一位站在你左边，一位站在你右边，也许是衣冠楚楚的，也许是破衣邋遢的，总之是会把你夹在中间。夹在中间的人未必有优先权，所以三个人就挤得很紧，胳膊粗、个子大、脚跟稳的占便宜。夹在中间的人也未必轮到第二名，因为说不定又有人附在你的背上，像长臂猿似的伸出一只胳膊越过你的头部拿着钱要买邮票。人越聚越多，最后像是橄榄球赛似的挤成一团，你想钻出来也不容易。

三人曰众，古有明训。所以三个人聚在一起就要挤成一堆。

排队是洋玩意儿，我们所谓“鱼贯而行”都是在极不得已的情形之下所做的动作。《晋书·范汪传》：“玄冬之月，沔汉干涸，皆当鱼贯而行，推排而进。”水不干涸谁肯循序而进，虽然鱼贯，仍不免于推排。我小时候，在北平有过一段经验，过年父亲常带我逛厂甸，进入海王村，里面有旧书铺、古玩铺、玉器摊，以及临时搭起的几个茶座儿。我父亲如入宝山，图书、古董都是他所爱好的，盘旋许久，乐此不疲，可是人潮汹涌，越聚越多。等到我们兴尽欲返的时候，大门口已经壅塞了。门口只有一个，进也是它，出也是它。而且谁也不理会应靠左边行[①]，于是大门变成瓶颈，人人自由行动，卡成一团。也有不少人故意起哄，哪里人多往哪里挤，因为里面有的是大姑娘、小媳妇。父亲手里抱了好几包书，顾不了我。为了免于被人践踏，我由一位身材高大的警察抱着挤了出来。我从此没再去过厂甸，直到我自己长大有资格抱着我自己的孩子冲出杀进。

中国地方大，按说用不着挤，可是挤也有挤的趣味。逛隆福寺、护国寺，若是冷清清的凄凄惨惨觅觅，那多没有味儿！不过时代变了，人几乎天天到处要像是逛庙赶集。长年挤下去

① 1934 年 12 月国民政府颁布《陆上交通管理规则》，实行左行通行制。至 1946 年 1 月 1 日零时起，又改为一律靠右行。

实在受不了，于是排队这洋玩意儿应运而兴。奇怪的是，这洋玩意儿兴了这么多年，至今还没有蔚成风气。长一辈的人在人多的地方横冲直撞，孩子们当然认为这是生存技能之一。学校不能负起教导的责任，因为教师就有许多是不守秩序的好手。法律无排队之明文规定，警察管不了这么多。大家自由活动，也能活下去。

不要以为不守秩序、不排队是我们的民族性，生活习惯是可以改的。抗战胜利后我回到北平，家人告诉我许多敌伪横行霸道的事迹，其中之一是在前门火车站票房前面常有一名日本警察手持竹鞭来回巡视，遇到不排队就抢先买票的人，就一声不响高高举起竹鞭“嗖”的一声着着实实地抽在他的背上。挨了一鞭之后，他一声不响地排在队尾了。前门车站的秩序从此改良许多。我对此事的感想很复杂。不排队的人是应该挨一鞭子，只是不应该由日本人来执行。拿着鞭子打我们的人，我真想抽他十鞭子！但是，我们自己人就没有人肯对不排队的人下那个毒手！好像是基于同胞爱，开始是劝，继而还是劝，不听劝也就算了，大家不伤和气。谁也不肯扬起鞭子去取缔，觍颜说是“于法无据”。一条街定为单行道、一个路口不准向左转，又何所据？法是人定的，要什么样的生活方式便应该有什么样的法。

洋人排队另有一套，他们是不拘什么地方都要排队。邮局、银行、剧院无论矣，就是到餐厅进膳，也常要排队听候指引一一入座。人多了要排队，两三个人也要排队。有一次要吃比萨饼，看门口队伍很长，只好另觅食处。为了看古物展览，我参加过一次两千人左右的长龙，我到场的时候才有千把人，顺着龙头往下走，拐弯抹角，走了半天才找到龙尾，立定脚跟，不久回头一看，龙尾又不知伸展到何处去了。我仔细观察发现了一个秘密：洋人排队，浪费空间，他们排队占用一里，由我们来排队大概半里就足够。因为他们每个人与另一个人之间通常保持相当距离，没有肌肤之亲，也没有摩肩接踵之事。我们排队就亲热得多，紧迫盯人，唯恐脱节，前面人的胳膊肘会戳你的肋骨，后面人喷出的热气会轻拂你的脖颈。其缘故之一，大概是我们的人丁太旺而场地太窄。以我们的超级市场而论，实在不够超级，往往近于迷你，遇上八折的日子，付款处的长龙摆到货架里面去，行不得也。洋人的税捐处很会优待主顾，设备充分，偶然有七八个人排队，排得松松的，龙头走到柜台也有五步六步之遥。办起事来无左右受夹之烦，也无后顾催迫之感，从从容容，可以减少纳税人胸中许多戾气。

我们是礼义之邦，君子无所争，从来没有鼓励人争先恐后之说。很多地方我们都讲究揖让，尤其是几个朋友走出门口的时候，常不免于拉拉扯扯礼让了半天，其实鱼贯而行也就够了。我不太明白为什么到了陌生人聚集在一起的时候，便不肯排队，而一定要奋不顾身。

我小时候只知道上兵操时才排队。曾路过大栅栏同仁堂，柜台占两间门面，顾客经常是里三层外三层挤得水泄不通，多半是仰慕同仁堂丸散膏丹的大名而来办货的乡巴佬。他们不知排队犹可说也。奈何数十年后，工业已经起飞，都市中人还不懂得这生活方式中极为重要的一个项目？难道真需要那一条鞭子才行么？

小声些

我觉得我们中国人的喉咙之大，在全世界，可称首屈一指。无论是开会发言，客座谈话，商店交易，或其他公众的地方，说话的声音时常是尖而且锐，声量是洪而且宽，耳膜脆弱一点的人，往往觉得支持不住。我们的华侨在外国，谈起话来，时常被外国人称作“吵闹的勾当”（Noisy business），我以为是良有以也。

在你好梦正浓的时候，府上后门便发一声长吼，接着便是竹帚和木桶的声音。那一声长吼是从人喉咙里发出来的，然而这喉咙就不小，在外国就是做一个竞争选举时的演说员，也绰绰有余。

挑着担子的小贩，走进弄堂，扯开嗓子连叫带唱地喊一顿，我时常想象着他的面红筋突的样子。假如弄里有出天花的老太太，经他这一喊，就许一惊而绝。

坐在影戏院里，似乎大家都可以免开尊口了，然而也不尽然，你背后就许有两位太太叽叽咕咕地谈论影片里的悲欢离合，你越不爱听，她的声音越高。在火车里，在轮船里，听听那滔滔不断的谈话的声音，真足以令人后悔生了两只耳朵。

喉咙稍微大一点，不算丑事。且正可以表示我们的一点国民性——豪爽，直率，堂皇。不过有时为耳部卫生起见，希望这一点国民性不必十分地表现出来。朋友们，小声些！

脸谱

我要说的脸谱不是旧剧里的所谓“整脸”“碎脸”“三块瓦”之类，也不是麻衣相法里所谓观人八法“威、厚、清、古、孤、薄、恶、俗”之类。我要谈的脸谱乃是每天都要映入我们眼帘的形形色色的活人的脸。旧戏脸谱和麻衣相法的脸谱，那乃是一些聪明人从无数活人脸中归纳出来的几个类型公式，都是第二手的资料，可以不管。

古人云“人心不同，各如其面”，那意思承认人面不同是不成问题的。我们不能不叹服人类创造者的技巧的神奇，差不多的五官七窍，但是部位配合，变化无穷，比七巧板复杂多了。对于什么事都讲究“统一”“标准化”的人，看见人的脸如此复杂离奇，恐怕也无法训练改造，只好由它自然发展罢？假使每一个人的脸都像是从一个模子里翻出来的，一律的浓眉大眼，一律的虎额龙隼[①]，在排起队来检阅的时候固然甚为壮观整齐，但不便之处必定太多，那是不可想象的。

人的脸究竟是同中有异，异中有同，否则也就无所谓谱。就粗浅的经验说，人的脸大致为两种，一种是令人愉快的，一种是令人不愉快的。凡是常态的、健康的、活泼的脸，都是令人愉快的，这样的脸并不多见。令人不愉快的脸，心里有一点或很多不痛快的事，很自然地把脸拉长一尺，或是罩上一层阴霾，但是这张脸立刻形成人与人之间的隔阂，立刻把这周围的气氛变得阴沉。假如，在可能范围之内，努力把脸上的筋肉松弛一下，嘴角上挂出一个微笑，自己费力不多，而给予人的快感甚大，可以使得这人生更值得留恋一些。我永不能忘记那永长不大的孩子彼得潘[②]，他嘴角上永远挂着一丝微笑，那是永恒的象征。一个成年人若是完全保持一张孩子脸，那也并不是理想的事，除了给"婴儿自己药片"[③]做商标之外，也不见得有什么用处。不过赤子之天真，如在脸上还保留一点痕迹，这张脸

① 虎额龙隼：龙隼额头像虎额，有隼一样的嘴和翅膀，用来形容令人生長的奇特外貌。

② 《彼得·潘》是苏格兰小说家及剧作家詹姆斯·马修·巴利（James Matthew Barrie，1860—1937）创作的长篇小说，该故事原本为舞台剧，作者将剧本小说化于1911年首次在英美出版，原名《彼得·潘与温迪（Peter Pan and Wendy）》。小说讲述了永远不会老去的淘气小男孩彼得·潘在永无岛的冒险故事。

③ 婴孩自己药片：一种治疗婴儿肠胃病的药。广告图是一个胖壮婴儿的坐像。

对于人类的幸福是有贡献的。令人愉快的脸，其本身是愉快的，这与老幼妍媸无关。丑一点，黑一点，下巴长一点，鼻梁塌一点，都没有关系，只要上面漾着充沛的活力，便能辐射出神奇的光彩，不但有光，还有热，这样的脸能使满室生春，带给人们兴奋、光明、调谐、希望、欢欣。一张眉清目秀的脸，如果恹恹无生气，我们也只好当作石膏像来看待了。

我觉得那是一个很好的游戏：早起出门，留心观察眼前活动的脸，看看其中有多少类型，有几张使你看了一眼之后还想再看？

不要以为一个人只有一张脸。女人不必说，常常“上帝给她一张脸，她自己另造一张”。不涂脂粉的男人的脸，也有“卷帘”一格，外面摆着一副面孔，在适当的时候呱嗒一声如帘子一般卷起，另露出一副面孔。“杰克博士与海德先生”（Dr. Jekyll and Mr. Hyde）那不是寓言[1]。误入仕途的人往往养成这一套本领。对下司道貌岸然，或是面部无表情，像一张白纸似的，使你无从观色，莫测高深，或是面皮绷得像一张皮鼓，

① 出自英国作家罗勃·路易士·斯蒂文森（1850—1894）的科幻小说《化身博士》。书中主角Jekyll医生喝下某种药剂后，体内的善恶属性极端分化。白天是善良的Jekyll，晚上则化身为邪恶的Hyde四处作恶。后来“Jekyll and Hyde”一词成为心理学“双重人格”的代称。

脸拉得驴般长，使你在他面前觉得矮好几尺！但是他一旦见到上司，驴脸得立刻缩短，再往瘪里一缩，马上变成柿饼脸，堆下笑容，直线条全变成曲线条，如果见到更高的上司，连笑容都凝结得堆不下来，未开言嘴唇要抖上好大一阵，脸上做出十足的诚惶诚恐之状。帘子脸是傲下媚上的主要工具，对于某一种人是少不得的。

不要以为脸和身体其他部分一样地受之父母，自己负不得责。不，在相当范围内，自己是可以负责的，大概人的脸生来都是和善的，因为从婴儿的脸看来，不必一定都是颜如渥丹，但是大概都是天真无邪，令人看了喜欢的。我还没见过一个孩子带着一副不得善终的脸，脸都是后来自己作践坏了的。人们多半不体会自己的脸对于别人发生多大的影响。脸是到处都有的。在送殡的行列中偶然发现的哭丧脸，做讣闻纸色，眼睛肿得桃儿似的，固然难看。一行行的囚首垢面[①]的人，如稻草人，如丧家犬，脸上做黄蜡色，像是才从牢狱里出来，又像是要到牢狱里去，凸着两只没有神的大眼睛，看着也令人心酸。还有一大群心地不够薄脸皮不够厚的人，满脸泛着平价米色，嘴角上也许还沾着一点平价油，身穿着一件平价布，一脸的

① 囚首垢面：像监狱里的犯人很久没有梳头和洗脸。形容不注意个人仪表清洁与修饰。

愁苦，没有一丝的笑容，这样的脸是颇令人不快的。但是这些贫病愁苦的脸还不算是最令人不愉快，因为只是消极得令人心里堵得慌，而且稍微增加一些营养（如肉糜之类）或改善一些环境，脸上的神情还可以渐渐恢复常态。最令人不快的是一些本来吃得饱，睡得着，红光满面的脸，偏偏带着一股肃杀之气，冷森森地拒人千里之外，看你的时候眼皮都不抬，嘴撇得瓢儿似的，冷不防抬起眼皮给你一个白眼，黑眼球不知翻到哪里去了，脖颈子发硬，脑壳朝天，眉头皱出好几道熨斗都熨不平的深沟——这样的神情最容易在官办的业务机关的柜台后面出现。遇见这样的人，我就觉得惶惑：这个人是不是昨天赌了一夜以致睡眠不足，或是接连着腹泻了三天，或是新近遭遇了什么冥凶，否则何以乖戾至此，连一张脸的常态都不能维持了呢？

聋

我写过一篇《聋》。近日聋且益甚。英语形容一个聋子，“聋得像是一根木头柱子”“像是一条蛇”“像是一扇门”“像是一只甲虫”“像是一只白猫”，我尚未聋得像一根木头柱子或一扇门那样。蛇是聋的，我听说过，弄蛇者吹起笛子就能引蛇出洞，使之昂首而舞，不是蛇能听，是它能感到音波的震动。甲虫是否也聋，我不大清楚。我知道白猫是绝对不聋的。我们家的白猫王子，岂但不聋，主人回家时房门钥匙转动作响，它就会竖起耳朵蹿到门前来迎。我喊它一声，它若非故意装聋，便立刻回答我一声，我虽然听不见它的答声，我看得见它，因作答而肚皮微微起伏。猫不聋，猫若是聋，它怎能捉老鼠，它叫春做啥？

我虽然没有全聋，可是也聋得可以。我对于铃声特别的难于听得入耳。普通的闹钟，响起来如蚊鸣，焉能唤醒梦中人。

菁清给我的一只闹钟，铃声特大，足可以振聋发聩，我把它放在枕边。说也奇怪，自从有了这个闹钟，我还不曾被它闹醒过一次。因为我心里记挂着它，总是在铃响半小时之前先已醒来，急忙把闹钟关掉。我的心里有一具闹钟。里外两具闹钟，所以我一向放心大胆睡觉，不虞失时。

门铃就不同了。我家门铃不是普通一按就响的那种，也不是像八音盒似的那样叮叮当当的奏乐，而是一按就啾啾啾啾如鸟鸣。自从我家的那只画眉鸟死了之后，我久矣夫不闻爽朗的鸟鸣。如今门铃啾啾叫，我根本听不见。客人猛按铃，无人应，往往废然去。如果来客是事前约好的，我就老早在近门处恭候，打开大门，还有一层纱门，隔着纱门看到人影憧憧，便去开门迎客。“老聃之弟子，有亢仓子者，得聃之道，能以耳视而目听。”（《列子·仲尼》）耳视我办不到，目听则庶几近之。客人按铃，我听不见铃响，但是我看见有人按铃了。

电话对我又是一个难题。电话铃没有特大号的，而且打电话来的朋友大半都性急，铃响三五声没人应，他就挂断，好像人人都该随时守着电话机听他说话似的。凡是电话来，未必有好消息，也未必有什么对我有利之事。但是朋友往还，何必曰利？有人在不愿接电话的时间内，拔掉插头，铃就根本不会响。我狠不下这份心。无可奈何，我装上几个分机，书桌上、枕边、饭桌旁、客厅里。尽管如此，有时还是听不到铃响，俟听到时对方不耐烦而挂断了。

有一位好心的读者写信来说，“先生不必为聋而烦恼，现在有一种新的办法，门铃或电话机上都可以装置一盏红色电灯泡，铃响同时灯亮。”我十分感谢这位读者对我的关怀。这也是以目代耳的办法，我准备采纳。不过较根本解决的办法，是大家体恤我的耳聋，不妨常演王徽之雪夜访戴[①]的故事，而我亦绝不介意门可罗雀的景况之出现。需要一通情愫的时候，假纸笔代喉舌，写个三行五行的短笺，岂不甚妙？我最向往六朝人的短札，寥寥数语，意味无穷。

朋友们时常安慰我说，“耳聋焉知非福？首先，这年头儿噪音太多，轰隆轰隆的飞机响，呼啸而过的汽车机车声，吹吹打打的丧车行列，噼噼啪啪的鞭炮，街头巷尾装扩音器大吼的小贩，舍前舍后成群结队的儿童锐声尖叫……这些噪音不听也罢，落得耳根清净。”话是不错，不过我尚无这么大的福分，尚未到泰山崩于前而不动声色的地步，种种噪音还是多多少少

① 出自《世说新语·任诞》：王子猷居山阴。夜大雪，眠觉，开室，命酌酒。四望皎然，因起彷徨，咏左思《招隐》诗。忽忆戴安道，时戴在剡，即便夜乘小船就之。经宿方至，造门不前而返。人问其故，王曰：“吾本乘兴而行，兴尽而返，何必见戴？”

使我心烦。饶是我聋，我还向往古人帽子上簪笄两端悬着两块充耳琇莹[①]，多少可以挡住一点噪音。

"人嘴两张皮"，最好蜚短流长，造谣生事，某某畸恋，某某婚变，某某逃亡，某某犯案，凡是报纸上的社会新闻都会说得如数家珍。这样长舌的人到处都有，令人听了心烦，你听不见也就罢了，你没有多少损失。至少有人骂你，挖苦你，讽刺你，你充耳不闻，当然也就不会计较，也就不会耿耿于怀，省却许多烦恼。别人议论我，我是听不见，可是我知道他在议论我，因为他斜着眼睛睨视我的那副神气不能使我没有感觉。而且我知道他所议论的话，大概是谑而不虐，无伤大雅的，因为他议论风生的时候嘴角常是挂着一丝微笑，不可能含有多少恶意。何况这年头儿，难得有人肯当面骂人，凡是恶言恶语多半是躲在你背后说，所以，聋固然听不见人骂，不聋，也听不见。

有人劝我学习唇读法，看人的嘴唇怎样动就可以知道他说的是什么话，假如学会了唇读，我想也有麻烦，恐怕需要整天的睁一眼闭一眼，否则凡是嘴唇动的人你都会以目代耳，岂

① 充耳：古代挂在冠冕两旁的饰物，下垂及耳，可以塞耳避听（非礼勿听），也叫"瑱"。《诗·卫风·淇奥》："有匪君子，充耳琇莹。"

不烦死人？耳根刚得清净，眼根又不得安宁了。“吉人之辞寡，躁人之辞多”。难得遇到吉人，不如索性安于聋聩。

安于聋聩亦非易易[①]。因为大家习惯了把我当做一个耳聪的人，并且不习惯于和一个聋子相处。看人嘴唇动，我可不敢唯唯否否，因为何时宜唯唯，何时宜否否，其间大有讲究。我曾经一律以点头称是来应付，结果闹出很尴尬的场面。我发现最好的应付方法是面部无表情，作白痴状。瞎子常戴黑眼镜，走路时以手杖探地，人人知道他是瞎子，都会躲着他，聋子没有标帜，两只耳朵好好的，不像是什么零件出了毛病的人。还有热心人士会附在我耳边窃窃私语，其实吱吱喳喳的耳语我更听不见，只觉得一口口的唾沫星子喷在我的脸上，而且只好听其自干。

① 易易：很容易。

廉

贪污的事，古今中外滔滔皆是，不谈也罢。孟子所说穷不苟求的“廉士”才是难能可贵，谈起来令人齿颊留芬。

东汉杨震，暮夜有人馈送十斤黄金，送金的人说：“暮夜无人知。”杨震说：“天知、神知、我知、子知，何谓无知？”这句话万古流传，直到晚近许多姓杨的人家常榜门楣曰“四知堂杨”。清介廉洁的“关西夫子”使得他家族后代脸上有光。

汉末有一位郁林太守陆绩（唐陆龟蒙的远祖），罢官之后泛海归姑苏家乡，两袖清风，别无长物，唯一空舟，恐有覆舟之虞，乃载一巨石镇之。到了家乡，将巨石弃置城门外，日久埋没土中。直到明朝弘治年间，当地有司曳之出土，建亭覆之，题其楣曰“廉石”。一个人居官清廉，一块顽石也得到了美誉。

“银子是白的，眼珠是黑的”，见钱而不眼开，谈何容易。一时心里把握不定，手痒难熬，就有堕入贪墨的泥沼之可能，这时节最好有人能拉他一把，最能使人顽廉懦立的莫过于贤妻良母。

《列女传》：田稷子相齐，受下吏货金百镒，献给母亲。母亲说：“子为相三年，禄未尝多若此也，岂修士大夫之费哉？安所得此？”他只好承认是得之于下。母亲告诫他说：“士修身洁行，不为苟得。竭情尽实，不行诈伪。非义之事不计于心，非理之利不入于家……不义之财非吾有也，不孝之子非吾子也。”这一番义正词严的训话把田稷子说得惭悚不已，急忙把金送还原主。按照我们现下的法律，如果是贿金，收受之后纵然送还，仍有受贿之嫌，纵然没有期约的情事，仍属有玷官箴。这种簠簋不修[①]之事，当年是否构成罪状，固不得而知，从廉白之士看来总是秽行。我们注意的是田稷子的母亲真是识达大义，足以风世。为相三年，薪俸是有限的，焉有多金可以奉母？百镒不是小数，一镒就是二十四两，百镒就是二千四百两，一个人搬都搬不动，而田稷子的母亲不为所动。家有贤妻，则士能安贫守正，更是例不胜举，可怜的是那些室无莱妇[②]的人，

① 见成语“簠簋（fǔ guǐ ）不饬”。簠、簋：都是古代食器，也用作祭品；不饬：不整饬。借指贪污。旧时弹劾贪吏常用此语。

② 春秋楚老莱子之妻。据汉刘向《列女传·贤明》载：莱子逃世耕于蒙山之阳，楚王遣使聘其出仕，其妻曰：“妾闻之，可食以酒肉者，可随以鞭捶；可授以官禄者，可随以铁钺。今先生食人酒肉，受人官禄，为人所制也，能免于患乎？妾不能为人所制。”遂行不顾，至江南而止。老莱子乃随其妻而居之。后因以“莱妻”作为贤妇的代称。

在外界的诱惑与阃内[①]的要求两路夹击之下，就很容易失足了。

“取不伤廉”这句话易滋误解，一介不取才是最高理想。晋陶侃“少为浔阳县吏，尝监鱼梁，以一坩鲊遗母，湛氏封鲊，反书责侃曰：‘尔为吏，以官物遗我，非唯不能益吾，乃以增吾忧矣。’”（《晋书・陶侃母湛氏传》）掌管鱼梁的小吏，因职务上的方便，把腌鱼装了一小瓦罐送给母亲吃，可以说是孝养之意，但是湛氏不受，送还给他，附带着还训了他一顿。别看一罐腌鱼是小事，因小可以见大。

谢承《后汉书》：“巴祗为扬州刺史，与客暗饮，不燃官烛。”私人宴客，不用公家的膏火，宁可暗饮，其饮宴之资，当然不会由公家报销了。因此我想起一件事，好久好久以前，丧乱中值某夫人于途，寒暄之余愀然告曰：“恕我们现在不能邀饮，因为中外合作的机关凡有应酬均需自掏腰包。”我闻之悚然。

还有一段有关官烛的故事。宋周紫芝《竹坡诗话》：“李京兆诸父中有一人，极廉介，一日有家问，即令灭官烛，取私烛阅书，阅华，命秉官烛如初。”公私分明到了这个地步，好像有一些迂阔。但是，“彼岂乐于迂阔者哉！”

① 阃（kǔn）内：意为内室，妇女的住所。引申义为妻子。

不要以为志行高洁的人都是属于古代，今之古人有时亦可复见。我有一位同学供职某部，兼理该部刊物编辑，有关编务必须使用的信纸信封及邮票等放在一处，私人使用之信函邮票另置一处，公私绝对分开，虽邮票信笺之微，亦不含混，其立身行事确砥砺廉隅有如是者！尝对我说，每获友人来书，率皆使公家信纸信封，心窃耻之，故虽细行不敢不勉。吾闻之肃然起敬。

代沟

代沟是翻译过来的一个比较新的名词，但这个东西是我们古已有之的。自从人有老少之分，老一代与少一代之间就有一道沟，可能是难以飞渡的深沟天堑，也可能是一步迈过的小渎阴沟，总之是其间有个界限。沟这边的人看沟那边的人不顺眼，沟那边的人看沟这边的人不像话，也许吹胡子瞪眼，也许拍桌子卷袖子，也许口出恶声，也许真个的闹出命案，看双方的气质和修养而定。

《尚书·无逸》："相小人，厥父母勤劳稼穑，厥子乃不知稼穑之艰难，乃逸乃谚既诞。否则侮厥父母曰：'昔之人无闻知。'"这几句话很生动，大概是我们最古的代沟之说的一个例证。大意是说：请看一般小民，作父母的辛苦耕稼，年轻一代不知生活艰难，只知享受放荡，再不就是张口顶撞父母说："你们这些落伍的人，根本不懂事！"活画出一条沟的两边的人对峙的心理。小孩子嘛，总是贪玩。好逸恶劳，人之天性。只有饱尝艰苦的人，才知道以无逸为戒。作父母的人当初也是少不更事的孩子，代代相仍，历史重演。一代留下一沟，像树身上的年轮一般。

虽说一代一沟，腌臜的情形难免，然大体上相安无事。这就是因为有所谓传统者，把人的某一些观念胶着在一套固定的范畴里。“不以规矩不能成方圆”，大家都守规矩，尤其是年轻的一代。“鞋大鞋小，别走了样子！”小的一代自然不免要憋一肚皮委屈，但是，别忙，“多年的媳妇熬成婆，多年的道路走成河”，转眼间黄口小儿变成了鲐背耇老[①]，又轮到自己唉声叹气，抱怨一肚皮不合时宜了。

我记得我小的时候，早起要跟着姊姊哥哥排队到上房给祖父母请安，像早朝一样的肃穆而紧张，在大柜前面两张二人凳上并排坐下，腿短不能触地，往往甩腿，这是犯大忌的，虽然我始终不知是犯了什么忌。祖父母的眼睛瞪得圆圆的，手指着我们的前后摆动的小腿说：“怎么，一点样子都没有！”吓得我们的小腿立刻停摆，我的母亲觉得很没有面子，回到房里

① 鲐背耇老：见成语鲐背苍耇。鲐（tái）背：指老人背上生斑如鲐鱼背，因用以称长寿老人；耇（gǒu）：老年人。泛指老年人。

着实地数落了我们一番。祖孙之间隔着两条沟，心理上的隔阂如何得免？当时我心里纳闷，我甩腿，干卿底事。我十岁的时候，进了陶氏学堂，领到一身体操时穿的白帆布制服，有亮晶的铜钮扣，裤边还镶贴两条红带，现在回想起来有点滑稽，好像是卖仁丹游街宣传的乐队，那时却扬扬自得，满心欢喜地回家，没想到赢得的是一头雾水，“好呀！我还没死，就先穿起孝衣来了！”我触了白色的禁忌。出殡的时候，灵前是有两排穿白衣的“孝男儿”，口里模仿嚎丧的哇哇叫。此后每逢体操课后回家，先在门洞脱衣，换上长褂，卷起裤筒。稍后，我进了清华，看见有人穿白帆布橡皮底的网球鞋，心羡不已，于是也从天津邮购了一双，但是始终没敢穿了回家。只求平安少生事，莫在代沟之内起风波。

大家庭制度下，公婆儿媳之间的代沟是最鲜明也最凄惨的。儿子自外归来，不能一头扎进闺房，那样做不但公婆瞪眼，所有的人都要竖起眉毛。他一定要先到上房请安，说说笑笑好一大阵，然后公婆（多半是婆）开恩发话：“你回屋里歇歇去吧！”儿子奉旨回到阃闱。媳妇不能随后跟进，还要在公婆面前周旋一下，然后公婆再度开恩，“你也去吧”，媳妇才能走，慢慢地走。如果媳妇正在院里浣洗衣服，儿子过去帮一下忙，到后院井里用柳罐汲取一两桶水，送过去备用，结果也会招致一顿长辈的唾骂："你走开，这不是你做的事。"我记得半个多世纪以前，有一对大家庭中的小夫妻，十分的恩爱，夫暴病死，妻觉得在那样家庭中了无生趣，竟服毒以殉。殡殓后，追悼之日政府颁赠匾额曰："彤管扬芬"。女家致送的白布横披曰："看我门楣！"我们可以听得见代沟的冤魂哭泣，虽然代沟的另一边的人还在逞强。

以上说的是六七十年前的事。代沟中有小风波，但没有大泛滥。张公艺九代同居，靠了一百多个忍字[①]。其实九代之间就有八条沟，沟下有沟，一代历一代，那一百多个忍字还不是一面倒，多半由下面一代承当？古有明训，能忍自安。

五四运动实乃一大变局。新一代的人要造反，不再忍了。有人要"整理国故"，管他什么三坟五典八索九丘[②]，都要揪出来重新交付审判。礼教被控吃人，孔家店遭受捣毁的威胁，世世代代留下来的沟要彻底翻腾一下，这下子可把旧一代的人

① 据史书记载，唐朝郓州有人曰张公艺，九代同居，竟和和睦睦，相安无事，唐高宗甚是好奇便问其故，张公取出一张纸写下了一百个忍字，唐高宗十分赞誉便赐号"百忍堂"，从此各地张姓大都以"百忍"为堂号，并列为祖训。

② 三坟五典：指中国最古老的书籍。东汉经学大师郑玄说，"三坟五典"就是"三皇五帝之书"。因此三坟即三皇之书，五典谓五帝之书。至于《八索》与《九丘》是指"八卦"与"九州之志"，一说是《河图》《洛书》。

吓坏了。有人提倡读经，有人竭力卫道，但是不是远水不救近火，便是只手难挽狂澜。代沟总崩溃，新一代的人如脱缰之马，一直旁出斜逸奔放驰骤到如今。旧一代的人则按照自然法则一批一批地凋谢，填入时代的沟壑。

代沟虽然永久存在，不过其现象可能随时变化。人生的麻烦事，千端万绪，要言之，不外财色两项。关于钱财，年长的一辈多少有一点吝啬的倾向。吝啬并不一定全是缺点。“称财多寡而节用之，富无金藏，贫不假贷，谓之啬。积多不能分人，而厚自养，谓之吝。不能分人，又不能自养，谓之爱。”这是《晏子春秋》的说法。所谓爱，就是守财奴。是有人好像是把孔方兄一个个地穿挂在他的肋骨上，取下一个都是血丝糊拉的。英文俚语，勉强拿出一块钱，叫作“咳出一块钱”，大概也是表示钱是深藏于肺腑，需要用力咳才能跳出来。年轻一代看了这种情形，老大的不以为然，心里想：“这真是‘昔之人，无闻知’，有钱不用，害得大家受苦，忘记了‘一个钱也带不了棺材里去’。”心里有这样的愤懑蕴积，有时候就要发泄。所以，曾经有一个儿子向父亲要五十元零用，其父靳而不予，由冷言恶语而拖拖拉拉，儿子比较身手矫健，一把揪住父亲的领带（唉，领带真误事），领带越揪越紧，父亲一口气上不来，一翻白眼，死了。这件案子，按理应剐，基于“心神丧失”的理由，没有剐，在代沟的历史里留下一个悲惨的记录。

人到成年，嘤嘤求偶，这时节不但自己着急，家长更是担心，可是所谓代沟出现了，一方面说这是我的事，你少管，另一方面说传宗接代的大事如何能不过问。一个人究竟是姣好还是寝陋[1]，是端庄还是阴鸷，本来难有定评。“看那样子，长头发、牛仔裤、嬉游浪荡、好吃懒做，大概不是善类。”“爬山、露营、打球、跳舞，都是青年的娱乐，难道要我们天天匀出工夫来晨昏定省，膝下承欢？”南辕北辙，越说越远。其实“养儿防老”“我养你小，你养我老”的观念，现代的人大部分早已不再坚持。羽毛既丰，各奔前程，上下两代能保持朋友一般的关系，可疏可密，岁时存问[2]，相待以礼，岂不甚妙？谁也无须剑拔弩张，放任自己，而诿过于代沟。沟是死的，人是活的！代沟需要沟通，不能像希腊神话中的亚历山大以利剑砍难解之绳结那样容易的一刀两断，因为人终归是人。

① 寝陋：容貌丑陋。
② 岁时存问：按照季节和时令问候。

饮食·但爱鲈鱼美

馋

馋，在英文里找不到一个十分适当的字。罗马暴君尼禄，以至于英国的亨利八世，在大宴群臣的时候，常见其撕下一根根又粗又壮的鸡腿，举起来大嚼，旁若无人，好一副饕餮相！但那不是馋。埃及废王法鲁克，据说每天早餐一口气吃二十个荷包蛋，也不是馋，只是放肆，只是没有吃相。对有某一种食物有所偏好，于是大量地吃，这是贪得无厌。馋，则着重在食物的质，最需要满足的是品味。上天生人，在他嘴里安放一条舌，舌上还有无数的味蕾，教人焉得不馋？馋，基于生理的要求；也可以发展成为近于艺术的趣味。

也许我们中国人特别馋一些。“馋”字从食，毚声。“毚”音馋，本义是狡兔，善于奔走，人为了口腹之欲，不惜多方奔走以膏馋吻，所谓“为了一张嘴，跑断两条腿”。真正的馋人，为了吃，决不懒。我有一位亲戚，属汉军旗，又穷又馋。一日傍晚，大风雪，老头子缩头缩脑偎着小煤炉子取暖。他的儿子下班回家，顺路市得四只鸭梨，以一只奉其父，父得梨，大喜，当即啃了半只，随后就披衣戴帽，拿着一只小碗，冲出门外，在风雪交加中不见了人影。他的儿子只听得大门“哐啷”一声响，追已无及。约一小时，老头子托着小碗回来了，原来他是要吃榅桲[1]拌梨丝！从前酒席，一上来就是四干、四鲜、四蜜饯，榅桲、鸭梨是现成的，饭后一盘榅桲拌梨丝别有风味（没有鸭梨的时候白菜心也能代替）。这老头子吃剩半个梨，突然想起此味，乃不惜于风雪之中奔走一小时。这就是馋。

人之最馋的时候是在想吃一样东西而又不可得的那一段期间。希腊神话中之谭塔勒期[2]，水深及颚而不得饮，果实当前而不得食，饿火中烧，痛苦万状，他的感觉不是馋，是求生不成求死不得。馋没有这样的严重。人之犯馋，是在饱暖之余，眼看着、回想起或是谈论到某一美味，喉头像是有馋虫搔抓作痒，只好干咽唾沫。一旦得遂所愿，恣情享受，浑身通泰。抗战六七年，我在后方，真想吃故都的食物，对于家乡风味总是

① 榅桲：原意为木梨，果实略近山楂，但偏小。清代后被北京居民借指为一种酸味较重的山楂。

② 谭塔勒期：今译坦塔罗斯。希腊神话中主神宙斯之子，因傲慢和侮辱神祇被罚下地狱。他被罚站在深及下巴的水中，但当他口渴低头要喝水时，水立刻流走；抬头就可看见成熟的果实，可当他饥饿想吃时，果实立刻升高。

念念不忘，其实“千里莼羹，未下盐豉”也不见得像传说的那样迷人。我曾痴想北平羊头肉的风味，想了七八年；胜利还乡之后，一个冬夜，听得深巷卖羊头肉小贩的吆喝声，立即从被窝里爬出来，把小贩唤进门洞，我坐在懒椅上看着他于暗淡的油灯照明之下，抽出一把雪亮的薄刀，横着刀刃片羊脸子，片得飞薄，然后取出一只蒙着纱布的羊角，撒上一些椒盐。我托着一盘羊头肉，重复钻进被窝，在枕上一片一片地把羊头肉放进嘴里，不知不觉地进入了睡乡，十分满足地解了馋瘾。但是，老实讲，滋味虽好，总不及在痴想时所想象的香。我小时候，早晨跟我哥哥步行到大鹁鸽市陶氏学堂上学，校门口有个小吃摊贩，切下一片片的东西放在碟子上，洒上红糖汁、玫瑰木樨，淡紫色，样子实在令人馋涎欲滴。走近看，知道是糯米藕。一问价钱，要四个铜板，而我们早点费每天只有两个铜板。我们当下决定，饿一天，明天就可以一尝异味。所付代价太大，所以也不能常吃。糯米藕一直在我心中留下了不可磨灭的印象。后来成家立业，想吃糯米藕不费吹灰之力，餐馆里有时也有供应，不过浅尝辄止，不复有当年之馋。

馋与阶级无关。豪富人家，日食万钱，犹云无下箸处，是因为他这种所谓饮食之人放纵过度，连馋的本能和机会都被剥夺了，他不是馋，也不是太馋，他麻木了，所以他就要千方百计地在食物方面寻求新的材料、新的刺激。我有一位朋友，湖南桂东县人，他那偏僻小县却因乳猪而著名，他告我说每年某巨公派人前去采购乳猪，搭飞机运走，充实他的郇厨[①]。烤乳猪，何地无之？何必远求？我还记得有人治寿筵，客有专诚献“烤方”者，选尺余见方的细皮嫩肉的猪臀一整块，用铁钩挂在架上，以炭火燔炙，时而武火，时而文火，烤数小时而皮焦肉熟。上桌时，先是一盘脆皮，随后是大薄片的白肉，其味绝美，与广东的烤猪或北平的炉肉[②]风味不同，使得一桌的珍馐相形见绌。可见天下之口有同嗜，普通的一块上好的猪肉，苟处理得法，即快朵颐。像《世说新语》所谓，王武子家的蒸豚，乃是以人乳喂养的，实在觉得多此一举，怪不得魏武未终席而去，人是肉食动物，不必等到“七十者可以食肉矣”[③]，平素有一些肉类佐餐，也就可以满足了。

北平人馋，可是也没听说有谁真个馋死，或是为了馋而倾家荡产。大抵好吃的东西都有个季节，逢时按节地享受一番，会因自然调节而不逾矩。开春吃春饼，随后黄花鱼上市，紧接

① 郇厨：唐代韦陟。唐代韦陟，袭封郇国公。性侈纵，穷治馔羞，厨中多美味佳肴。见《新唐书 · 韦陟传》。后因以“郇公厨”称膳食精美的人家。

② 炉肉：又称“烤方”、“挂炉肉”、“响皮肉”老北京传统名菜。

③ 七十者可以食肉矣：七十岁的老人可以吃上肉。此句出自《孟子》。

着大头鱼也来了。恰巧这时候后院花椒树发芽，正好掐下来烹鱼。鱼季过后，青蛤当令。紫藤花开，吃藤萝饼；玫瑰花开，吃玫瑰饼；还有枣泥大花糕。到了夏季，“老鸡头才上河哟”，紧接着是菱角、莲蓬、藕、豌豆糕、驴打滚、艾窝窝，一起出现。席上常见水晶肘，坊间唱卖烧羊肉，这时候嫩黄瓜、新蒜头应时而至。秋风一起，先闻到糖炒栗子的气味，然后就是炮烤涮羊肉，还有七尖八团的大螃蟹。“老婆老婆你别馋，过了腊八就是年。”过年前后，食物的丰盛就更不必细说了。一年四季地馋，周而复始地吃。

馋非罪，反而是胃口好、健康的现象，比食而不知其味要好得多。

厨房

从前有教养的人家子弟，永远不走进下房或是厨房，下房是仆人起居之地，厨房是庖人治理膳馐之所，湫隘[①]卑污，故不宜厕身其间。厨房多半是在什么小跨院里，或是什么不显眼的角落（旮旯儿），而且常常是邻近溷厕[②]。孟子有“君子远庖厨”之说，也是基于“眼不见为净”的道理。在没有屠宰场的时候，杀牛宰羊均须在厨中举行，否则远庖厨作甚？尽管席上的重珍兼味美不胜收，而那调和鼎鼐的厨房却是龌龊脏乱，见不得人。试想，煎炒烹炸，油烟弥漾而无法宣泄，烟熏火燎，煤渣炭屑经常地月累日积，再加上老鼠横行，蚊蝇乱舞，蚂蚁蟑螂之无孔不入，厨房焉得不脏？当然厨房也有干净的，想郇公厨香味错杂，一定不会令人望而却步，不过我们的传统

① 湫（jiǎo）隘：地低而湿。湫隘：低洼狭小。
② 溷（hùn）厕：本意为混浊、混乱，还指污秽物，粪便。溷厕即厕所。

厨房多少年来留下的形象，大家心里有数。

埃及废王法鲁克，当年在位时，曾经游历美国，看到美国的物质文明，光怪陆离，目不暇给，对于美国家庭的厨房之种种设备，尤其欢喜赞叹。临归去时，他便订购了最豪华的厨房设备全套，运回国去。他的眼光是很可佩服的，他选购的确是美国文化精粹的一部分。虽然那一套设备运回去之后，曾否利用，是否适用，因为没有情报追踪，我们不得而知，但是我们知道埃王陛下一顿早点要吃二十个油煎荷包蛋，想来御膳的规模必不在小，美国式家庭厨房的设备是否能胜负荷，就很难说。

美式厨房是以主妇为中心而设计的。所占空间不大，刚好容主持中馈的人站在中间有回旋的余地。炉灶用电，不冒烟，无气味，下面的空箱放置大大小小煮锅和平底煎锅，俯拾即是。抬头有电烤箱或是微波烤箱，烤鸡、烤鸭、烤盆菜，烘糕、烘点、烘面包，自动控制，不虞烧焦。左手有沿墙一般长的料理台，上下都是储柜抽屉，用以收藏盘碗餐具，墙上有电插头，供电锅、烤面包器、绞肉机、打蛋器之类使用。台面不怕刀切不怕烫。右边是电冰箱，一个不够可以有两个。转过身来是洗涤槽，洗菜、洗锅、洗碗，渣渣末末的东西（除了金属之外）

全都顺着冷热水往下冲，开动电钮就可以听见呼噜呼噜的响，底下一具绞碎机（disposal）发动了，把一刀的渣滓弃物绞成了碎泥冲进下水道里，下水道因此无阻塞之虞。左手有个洗碗机，冲干净了的碟碗插列其间，装上肥皂粉，关上机门开动电钮，盘碗便自动洗净而且吹干。在厨房做饭的人真是有左右逢源、进退自如之感。

美式厨房也非尽善尽美。至少寓居美国而坚持不忘唐餐的人就觉得不大方便。唐餐讲究炒菜，这个“炒”字是美国人所不能领略的。炒菜要用锅，尖底的铁锅（英文为 wok，大概是粤语译音），西式平底锅只宜烙饼煎蛋，要想吃葱爆牛肉片、榨菜炒肉丝什么的，非尖底锅不办，否则翻翻搅搅掂掂那几下子无从施展。而尖底锅放在平平的炉灶上，摇摇晃晃，又非有类似“支锅碗”的东西不可，炒菜有时需要旺油大火，不如此炒出来的东西不嫩。过去有些中国餐馆大师傅，嫌火不够大，不惜舀起大勺猪油往灶口里倒，使得火苗骤旺，电灶火力较差，中国人用电灶容易把电盘烧坏，也就是因为烧得太旺太久之故。火大油旺，则油烟必多。灶上的抽烟机所起作用有限，一顿饭做下来，满屋子是油烟，寝室、客厅都不能免。还有外国式的厨房不备蒸笼，所谓双层锅，具体而微，可以蒸一碗蛋羹而已。若想做小笼包，非从国内购运柳木制的蒸笼不可，一层屉不够要两三层，摆在电灶上格格不入。铝制的蒸锅，有干净相，但是不对劲。

人在国外而顿顿唐餐，则其厨房必定走样。我有一位朋友，高尚士也，居美国多年，贤伉俪均善烹调，热爱我们的固有文化，蒸、炒、烹、煎，无一不佳。我曾叨扰郇厨，坐在客厅里，但见厨房门楣之上悬一木牌写着两行文字，初以为是什么格言之类，趋前视之，则是一句英文，曰："我们保留把我们自己的厨房弄得乱七八糟的权利。"当然这是给洋人看的。我推门而入，所谓乱七八糟是谦词，只是东西多些，大小铁锅蒸笼，油钵醋瓶，各式各样的作料器皿，纷然杂陈，随时待用。做中国菜就不能不有做中国菜的架势。现代化的中国厨房应该是怎个样子，尚有待专家设计。

我国自古以来，主中馈的是女人，虽然解牛的庖丁一定是男人。《易·家人》："无攸遂，在中馈，贞吉。"疏曰："妇人之道，巽顺为常，无所必遂，其所职主在于家中馈食供祭而已。"所以新妇三日便要入厨洗手做羹汤，多半是在那黑黝黝又脏又乱的厨房里打转一直到老。我知道一位缠足的妇人，在灶台前面一站就是几个钟头，数十年如一日，到了老年两足几告报废，寸步难移。谁说的男子可以不入厨房？假如他有时间、有体力、有健康的观念，应该没有阻止他进入厨房的理由。有一次我在厨房擀饺子皮，系着围裙，满手的面粉，一头大汗，这时候有客来访，看见我的这副样子大为吃惊，他说："我是从来不进厨房的，那是女人去的地方。"我听了报以微笑。不过他说的话不是没有事实根据，绝大多数的女人是被禁錮在厨房里，而男人不与焉。今天之某些职业妇女常得意忘形地嘲讽主持中馈的人为"在厨房上班"。其实在厨房上班亦非可耻之事，我们的母亲、祖母、曾祖母有几个不在厨房上班？在妇女运动如火如荼的美国，妇女依然不能完全从厨房里"解放"出来。记得某处妇女游行，有人高举木牌，上面写着："停止烧饭，饿死那些老鼠！""老鼠"饿不死的，真饿急了他会乖乖地自己去烧饭。

吃相

一位外国朋友告诉我，他旅游西南某地的时候，偶于餐馆进食，忽闻壁板砰砰作响，其声清脆，密集如连珠炮，向人打听才知道是邻座食客正在大啖其糖醋排骨。这一道菜是餐馆的拿手菜，顾客欣赏这个美味之余，顺嘴把骨头往旁边喷吐，你也吐，我也吐，所以把壁板打得叮叮当当响。不但顾客为之快意，店主人听了也觉得脸上光彩，认为这是大家为他捧场。这位外国朋友问我这是不是国内各地普遍的风俗，我告诉他我走过十几省还不曾遇见过这样的场面，而且当场若无壁板设备，或是顾客嘴部筋肉不够发达，此种盛况即不易发生。可是我心中暗想，天下之大，无奇不有，这样的事恐怕亦不无发生的可能。

礼记有“毋啮骨”之戒，大概包括啃骨头的举动在内。糖醋排骨的肉与骨是比较容易脱离的，大块的骨头上所连带着的肉若是用牙齿咬断下来，那龇牙咧嘴的样子便觉不大雅观。所以“割不正不食”“席不正不食”都是对于在桌面上进膳的人而言，啮骨应该是桌底下另外一种动物所做的事。不要以为我们一部分人把排骨吐得噼啪响便断定我们的吃相不佳。各地有各地的风俗习惯。世界上至今还有不少地方是用手抓食的。听说他们是用右手取食，左手则专供做另一种肮脏的事，不可混用，可见也还注重清洁。我不知道像咖喱鸡饭一类黏糊糊的东西如何用手指往嘴里送。用手取食，原是古已有之的老法。罗马皇帝尼禄大宴群臣，他从一只硕大无比的烤鹅身上扯下一条大腿，手举着鼓槌，歪着脖子啃而食之，那副贪婪无厌的饕餮相我们可于想象中得之。罗马的光荣不过尔尔，等而下之不必论了。欧洲中古时代，餐桌上的刀叉是奢侈品，从十一世纪到十五世纪不曾被普遍使用，有些人自备刀叉随身携带，这种作风一直延至十八世纪还偶尔可见。据说在酷嗜通心粉的国度里，市廛[①]道旁随处都有贩卖通心粉的摊子，食客都是伸出右手像是五股钢叉一般把粉条一卷就送到口里，干净利落。

不要耻笑西方风俗鄙陋，我们泱泱大国自古以来也是双手万能。《礼记》：“共饭不泽手。”吕氏注曰：“不泽手者，

① 廛：古代城市平民的房地。

古之饭者以手，与人共饭，摩手而有汗泽，人将恶之而难言。”饭前把手洗洗揩揩也就是了。樊哙把一块生猪肘子放在铁盾上拔剑而啖之，那是鸿门宴上的精彩节目，可是那个吃相也就很可观了。我们不愿意在餐桌上挥刀舞叉，我们的吃饭工具主要的是筷子，筷子即箸，古称“饭颏”①。细细的两根竹筷，搦在手上，运动自如，能戳、能挟、能撮、能扒，神乎其技。不过我们至今也还有用手进食的地方，像从兰州到新疆，“抓饭”“抓肉”都是很驰名的。我们即使运用筷子，也不能不有相当的约束，若是频频挟取如金鸡乱点头，或挑肥拣瘦地在盘碗里翻翻弄弄如拨草寻蛇，就不雅观。

餐桌礼仪，中西都有一套。外国的餐前祈祷，兰姆的描写可谓淋漓尽致。家长在那里低头闭眼口中念念有词，孩子们很少不在那里做鬼脸的。我们幸而极少宗教观念，小时候不敢在碗里留下饭粒，是怕长大了娶麻子媳妇；不敢把饭粒落在地上，是怕天打雷劈。喝汤而不准吮吸出声是外国规矩，我想这规矩不算太苛，因为外国的汤盆很浅，好像都是狐狸请鹭鸶吃饭时所使用的器皿，一盆汤端到桌上不可能是烫嘴热的，慢一

① 颏：古代用以束发固冠的发饰。筷子放于饭碗之上，好似发簪固定于冠帽之上，故有此称。

点灌进嘴里去就可以不至于出声。若是喝一口我们的所谓“天下第一菜”口蘑锅巴汤而不出一点声音，岂不强人所难？从前我在北方家居，邻户是一个治安机关，隔着一堵墙，墙那边常有几十口子在院子里进膳，我可以清晰地听到“呼噜，呼噜，呼—噜”的声响，然后是“咔嚓”一声。他们是在吃炸酱面，于猛吸面条之后咬一口生蒜瓣。

餐桌的礼仪要重视，不要太重视。外国人吃饭不但要席正，而且挺直腰板，把食物送到嘴边。我们“食不厌精，脍不厌细”，要维持那种姿式便不容易。我见过一位女士，她的嘴并不比一般人小多少，但是她喝汤的时候真能把上下唇撮成一颗樱桃那样大，然后以匙尖触到口边徐徐吮饮之。这和把整个调羹送到嘴里面去的人比较起来，又近于矫枉过正了。人生贵适意，在环境许可的时候不妨稍为放肆一点。吃饭而能充分享受，没有什么太多礼法的约束，细嚼烂咽，或风卷残云，均无不可，吃的时候怡然自得，吃完之后抹抹嘴鼓腹而游，像这样的乐事并不常见。我看见过两次真正痛快淋漓的吃，印象至今犹新。一次在北京的“灶温”，那是一爿道地的北京小吃馆。棉帘起处，进来了一位赶车的，辫子盘在额上，大摇大摆，手里托着菜叶裹着的生猪肉一块，提着一根马兰系着的一撮韭黄，把食物往柜台上一拍："掌柜的，烙一斤饼！再来一碗炖肉！"等一下，肉丝炒韭黄端上来了，两张家常饼、一碗炖肉也端上来了。他把菜肴分为两份，一份倒在一张饼上，把饼一卷，比拳头要粗，两手扶着矗立在盘子上，张开血盆巨口，左一口，右一口，中间一口！不大的工夫，一张饼下肚，又一张也不见了，直吃得他青筋暴露满脸大汗，挺起腰身连打两个大饱嗝。又一次，我在青岛寓所的后山坡上看见一群石匠在凿山造房，晌午歇工，有人送饭，打开笼屉热气腾腾，里面是半尺来长的发面蒸饺，工人蜂拥而上，每人拍拍手掌便抓起饺子来咬，饺子里面露出绿韭菜馅。又有人挑来一桶开水，上面漂着一个瓢，一个个红光满面围着桶舀水吃。这时候又有挑着大葱的小贩赶来兜售那像甘蔗一般粗细的大葱，登时又人手一截，像是饭后进水果一般。上面这两个景象，我久久不能忘，他们都是自食其力的人，心里坦荡荡的，饥来吃饭，取其充腹，管什么吃相！

饭前祈祷

读过查尔斯 · 兰姆[①]那篇《饭前祈祷》小品文的人，一定会有许多感触。六十年前我在美国科罗拉多泉念书的时候，和闻一多在瓦萨赤街一个美国人家各赁一间房屋。房东太太密契尔夫人是典型的美国主妇，肥胖、笑容满面、一团和气，大约有六十岁，但是很硬朗，整天操作家务，主要的是主中馈，好像身上永远系着一条围裙，头戴一顶荷叶边的纱帽。房东先生是报馆排字工人，昼伏夜出，我在圣诞节才得和他首次晤面。他们有三个女儿，大女儿陶乐赛已进大学，二女儿葛楚德念高中，小女儿卡赛尚在小学，他们一家五口加上我们两个房客，七个嘴巴都要由密契尔夫人负责喂饱，而且一日三餐，一顿也少不得。房东先生因为作息时间和我们不同，永不在饭桌上和我们同时出现。每顿饭由三个女孩摆桌上菜，房东太太在厨房

① 查尔斯 · 兰姆（Charles Lamb，1775—1834）：英国最伟大的小品文作家。他的文字是英国散文的一次罕见的丰收，代表作是《伊利亚文集》及其续集。

掌勺，看看大家都已就位，她就急忙由厨房溜出来，抓下那顶纱帽，坐在主妇位上，低下头做饭前祈祷。

我起初对这种祈祷不大习惯。心想我每月付你四五十元房租，包括膳食在内，我每月公费八十元，多半付给你了，吃饭的时候还要做什么祈祷？感恩吗？感谁的恩？感上帝赐面包的恩吗？谁说面包是他所赐？……后来我想想，入乡随俗，好在那祈祷很短，嘟嘟囔囔地说几句话，也听不清楚说什么。有时候好像是背诵那滚瓜烂熟的《主祷文》，但是其中只有一句与吃有关：“赐给我们每天所需的面包。”如果这“每天”是指今天，则今天的吃食已经摆在桌上了，还祈祷什么？如果“每天”是指明天，则吃了这顿想那顿，未免想得远了些。若是表示感恩，则其中又没有感激的话语。尤其是，这饭前祈祷没有多少宗教气息，好像具文[①]。我偷眼看去，房东太太闭着眼低着头，口中念念有词，大女儿陶乐赛也还能聚精会神，卡赛则常扮鬼脸逗葛楚德，葛楚德用肘撞卡赛。我和一多面面相觑，不知所措。

兰姆说得不错。珍馐罗列案上，令人流涎三尺，食欲大振，只想一番饕餮，全无宗教情绪，此时最不宜祈祷。倒是维持生

① 具文：空文；徒具形式而不起实际作用的规章制度。

存的简单食物，得来不易，于庆幸之余不由得要感谢上苍。我另有一种想法，尤其是在密契尔夫人家吃饭的那一阵子，我们的胃习惯于大碗饭、大碗面，对于那轻描淡写的西餐只能感到六七分饱。家常便饭没有又厚又大的煎牛排。早餐是以半个横剖的橘柑或葡萄柚开始，用茶匙挖食其果肉，再不就是薄薄一片西瓜，然后是一面焦的煎蛋一枚。外国人吃煎蛋不像我们吸溜一声一口吞下那个嫩蛋黄，而是用刀叉在盘里切，切得蛋黄乱流，又不好用舌去舔。两片烤面包，抹一点牛油。一杯咖啡灌下去，完了。午饭是简易便餐，两片冷面包，一点点肉菜之类。晚饭比较丰盛，可能有一盂热汤，然后不是爱尔兰炖肉，就是肉末炒番薯泥，再加上一道点心如西米布丁类，咖啡管够。倒不是菜色不好，密契尔夫人的手艺不弱，只是数量不多，不够果腹。星期日午饭有烤鸡一只，当场切割，每人分得一两片，大匙大匙的番薯泥浇上鸡油、酱汁。晚饭就只有鸡骨架剥下来的碎肉烩成稠糊糊的酱，放在一片烤面包上，名曰鸡派，其他一概全免。若是到了感恩节或是圣诞节，则卡赛出出进进地报喜：“今天有火鸡大餐！”所谓火鸡，肉粗味淡，火鸡肚子里面塞的一坨一坨黏糊糊的也不知是什么东西。一多和我时常踱到街上补充一个汉堡肉饼或热狗之类。在这种情形下，饭前祈祷对于我没有什么太大的意义，就是饭后祈祷恐也不免带有怨声，而不可能完全是谢主的恩典。

我小时候，母亲告诉我，碗里不可留剩饭粒，饭粒也不可落在桌上、地上否则将来会娶麻脸媳妇。这个威吓很能生效，真怕将来床头人是麻子。稍长，父亲教我们读李绅《悯农》诗：“锄禾日当午，汗滴禾下土。谁知盘中餐，粒粒皆辛苦。”因此更不敢糟蹋粮食。对于农民老早地就起了感激之意。养猪养鸡的、捕鱼捕虾的，也同样地为我服务，我凭什么白白地受人供养？吃得越好，越惶恐，如果我在举箸之前要做祈祷，我要为那些胼手胝足为大家生产食粮、供应食物的人祈福。

如今我每逢有美味的饮食可以享受的时候，首先令我怀想的是我的双亲。我父亲对于饮膳非常注意，尤嗜冷饮，酸梅汤要冰镇得透心凉，山里红汤微带冰碴儿，酸枣汤、樱桃水……都要冰得入口打哆嗦。可惜我没来得及置备电冰箱，先君就弃养了。我母亲爱吃火腿、香蕈、蚶子、蛏干、笋尖、山核桃之类的所谓南货，我好后悔没有尽力供养。美食当前，辄兴风木之思[①]，也许这些感受可以代替所谓饭前祈祷了吧？

① 风木之思：比喻父母亡故，子女来不及孝养而生出的愧疚、思念之情。

喝茶

我不善品茶，不通茶经，更不懂什么茶道，从无两腋之下习习生风的经验。但是，数十年来，喝过不少茶，北平的双窨、天津的大叶、西湖的龙井、六安的瓜片、四川的沱茶、云南的普洱、洞庭山的君山茶、武夷山的岩茶，甚至不登大雅之堂的茶叶梗子满天星随壶净的高末儿，都尝试过。茶是中国人的饮料，口干解渴，唯茶是尚。茶字，形近于荼，声近于槚[①]，来源甚古，流传海外，凡是有中国人的地方就有茶。人无贵贱，谁都有份，上焉者细啜名种，下焉者牛饮茶汤，甚至路边埂畔还有人奉茶。北人早起，路上相逢，辄问讯“喝茶未？”茶是开门七件事之一，乃人生必需品。

孩提时，屋里有一把大茶壶，坐在一个有棉衬垫的藤箱里，相当保温，要喝茶自己斟。我们用的是绿豆碗，这种碗大号的

① 槚（jiǎ）：古书上指楸树或茶树。

是饭碗，小号的是茶碗，做绿豆色，粗糙耐用，当然不能和宋瓷比，和江西瓷不能比，和洋瓷也不能比，可是有一股朴实厚重的风貌，现在这种碗早已绝迹，我很怀念。这种碗打破了不值几文钱，脑勺子上也不至于挨巴掌。银托白瓷小盖碗是祖父母专用的，我们看着并不羡慕。看那小小的一盏，两口就喝光，泡两三回就得换茶叶，多麻烦。如今盖碗很少见了，除非是到“故宫博物院”拜会蒋院长，他那大客厅里总是会端出盖碗茶敬客。再不就是电视剧中也看见有盖碗茶，可是演员一手执盖一手执碗缩着脖子啜茶那狼狈相，令人发噱，因为他不知道喝盖碗茶应该是怎样的喝法。他平素自己喝茶大概一直用玻璃杯、保温杯之类。如今，我们此地见到的盖碗，多半是近年来本地制造的“万寿无疆”的那种样式，瓷厚了一些；日本制的盖碗，样式微有不同，总觉得有些怪怪的。近有人回大陆，顺便探视我的旧居，带来我三十多年前天天使用的一只瓷盖碗，原是十二套，只剩此一套了，碗沿还有一点磕损，睹此旧物，勾起往日的心情，不禁黯然。盖碗究竟是最好的茶具。

茶叶品种繁多，各有擅场。有友来自徽州，同学清华，徽州产茶胜地，但是他看见我用一撮茶叶放在壶里沏茶，表示惊讶，因为他只知道茶叶是烘干打包捆载上船沿江运到沪杭求售，剩下来的茶梗才是家人饮用之物。恰如北人所谓“卖席的睡凉炕”。我平素喝茶，不是香片就是龙井，多次到大栅栏东鸿记或西鸿记去买茶叶，在柜台前面一站，徒弟搬来凳子让座，看伙计称茶叶，分成若干小包，包得见棱见角，那份手艺只有药铺伙计可以媲美。茉莉花窨过的茶叶，临卖的时候再抓一把鲜茉莉放在表面上，所以叫作双窨。于是茶店里经常是茶香花香，郁郁菲菲。父执有名玉贵者，旗人，精于饮馔，居恒以一半香片一半龙井混合沏之，有香片之浓馥，兼龙井之苦清。吾家效而行之，无不称善。茶以人名，乃径呼此茶为“玉贵”，私家秘传，外人无有得知。

其实，清茶最为风雅。抗战前造访知堂老人于苦茶庵，主客相对总是有清茶一盅，淡淡的、涩涩的、绿绿的。我曾屡侍先君游西子湖，从不忘记品尝当地的龙井，不需要攀登南高峰风篁岭，近处平湖秋月就有上好的龙井茶，开水现冲，风味绝佳。茶后进藕粉一碗，四美具矣。正是“穿牖而来，夏日清风冬日日；卷帘相见，前山明月后山山”。有朋自六安来，贻我瓜片少许，叶大而绿，饮之有荒野的气息扑鼻。其中西瓜茶一种，真有西瓜风味。我曾过洞庭，舟泊岳阳楼下，购得君山茶一盒。沸水沏之，每片茶叶均如针状直立漂浮，良久始舒展下沉，味品清香不俗。

初来台湾，粗茶淡饭，颇想倾阮囊[①]之所有在饮茶一端偶作豪华之享受。一日过某茶店，索上好龙井，店主将我上下打量，取八元一斤之茶叶以应，余示不满，乃更以十二元者奉上，余仍不满，店主勃然色变，厉声曰："买东西，看货色，不能专以价钱定上下。提高价格，自欺欺人耳！先生奈何不察？"我爱其憨直。现在此茶店门庭若市，已成为业中之翘楚。此后我饮茶，但论品位，不问价钱。

茶之以浓酽胜者莫过于工夫茶。《潮嘉风月记》说工夫茶要细炭初沸连壶带碗泼浇，斟而细呷之，气味芳烈，较嚼梅花更为清绝。我没嚼过梅花，不过我旅居青岛时有一位潮州澄海朋友，每次聚饮酩酊，辄相偕走访一潮州帮巨商于其店肆。肆后有密室，烟具、茶具均极考究，小壶、小盅有如玩具。更有娈婉丱[②]童伺候煮茶、烧烟，因此经常饱吃工夫茶，诸如铁观音、大红袍，吃了之后还携带几匣回家。不知是否故弄玄虚，谓炉火与茶具相距七步为度，沸水之温度方合标准。举小盅而饮之，若饮罢径自返盅于盘，则主人不悦，须举盅至鼻头猛嗅两下。

① 阮囊：晋代名士阮孚的钱袋里常常只存一枚钱币"看袋"，为的是避免钱袋羞涩。
② 丱（guàn）：古代儿童束的上翘的两只角辫。也代指少年。

这茶最有解酒之功，如嚼橄榄，舌根微涩，数巡之后，好像越喝越渴，欲罢不能。喝工夫茶，要有工夫，细呷细品，要有设备，要人服侍，如今乱糟糟的社会里谁有那么多的工夫？红泥小火炉哪里去找？伺候茶汤的人更无论矣。普洱茶，漆黑一团，据说也有绿色者，泡烹出来黑不溜秋，粤人喜之。在北平，我只在正阳楼看人吃烤肉，吃得口滑肚子膨脖不得动弹，才高呼堂倌泡普洱茶。四川的沱茶亦不恶，唯一般茶馆应市者非上品。台湾的乌龙名震中外，大量生产，佳者不易得。处处标榜冻顶，事实上哪里有那么多的冻顶？

喝茶，喝好茶，往事如烟。提起喝茶的艺术，现在好像谈不到了，不提也罢。

饮酒

酒实在是妙，几杯落肚之后就会觉得飘飘然、醺醺然。平素道貌岸然的人，也会绽出笑脸；一向沉默寡言的人，也会议论风生。再灌下几杯之后，所有的苦闷烦恼全都忘了，酒酣耳热，只觉得意气飞扬，不可一世，若不及时知止，可就难免玉山颓欹，剔吐纵横，甚至撒疯骂座，以及种种的酒失酒过全部地呈现出来。莎士比亚的《暴风雨》里的卡力班，那个象征原始人的怪物，初尝酒味，觉得妙不可言，以为把酒给他喝的那个人是自天而降，以为酒是甘露琼浆，不是人间所有物。美洲印第安人初与白人接触，就是被酒所倾倒，往往不惜举土地畀[①]人以交换一些酒浆。印第安人的衰灭，至少有一部分是由与他们的荒腆于酒。

我们中国人饮酒，历史久远。发明酒者，一说是仪狄，

① 畀：本义为把田地分给他人。后引申为给予，付给。

又说是杜康。仪狄夏朝人，杜康周朝人，相距很远，总之是无可稽考。也许制酿的原料不同、方法不同，所以仪狄的酒未必就是杜康的酒。《尚书》有《酒诰》之篇，谆谆以酒为戒，一再地说“祀兹酒”（停止这样的喝酒）“无彝酒”（勿常饮酒），想见古人饮酒早已相习成风，而且到了“大乱丧德”的地步。三代以上的事多不可考，不过从汉起就有酒榷[①]之说，以后各代因之，都是课税以裕国帑，并没有寓禁于征的意思。酒很难禁绝，美国一九二〇年起实施酒禁，雷厉风行，依然到处都有酒喝。当时笔者道出纽约，有一天友人邀我食于某中国餐馆，入门直趋后室，索五加皮，开怀畅饮。忽警察闯入，友人止予勿惊。这位警察徐徐就座，解手枪，锵然置于桌上，索五加皮独酌，不久即伏案酣睡。一九三三年酒禁废，直如一场儿戏。民之所好，非政令所能强制。在我们中国，汉萧何造律：“三人以上无故群饮，罚金四两。”此律不曾彻底实行。事实上，酒楼妓馆处处笙歌，无时不飞觞醉月。文人雅士水边修禊[②]，山上登高，一向离不开酒。名士风流，以为持螯把酒，便足了一生，甚至于酣饮无度，扬言“死便埋我”，好像大量饮酒不

① 酒榷：指古代政府所行的酒类专卖制度。

② 修禊：传统风俗，阴历三月上旬的巳日（魏以后始固定为三月三日），到水边嬉游，以消除不祥，叫作“修禊（xì）”。

是什么不很体面的事，真所谓“酗于酒德”。

对于酒，我有过多年的体验。第一次醉是在六岁的时候，侍先君饭于致美斋（北平煤市街路西）楼上雅座，窗外有一棵不知名的大叶树，随时簌簌作响。连喝几盅之后，微有醉意，先君禁我再喝，我一声不响站立在椅子上舀了一匙高汤，泼在他的一件两截衫上。随后我就倒在旁边的小木炕上呼呼大睡，回家之后才醒。我的父母都喜欢酒，所以我一直都有喝酒的机会。“酒有别肠，不必长大”，语见《十国春秋》，意思是说酒量的大小与身体的大小不必成正比例，壮健者未必能饮，瘦小者也许能鲸吸。我小时候就是瘦弱如一根绿豆芽。酒量是可以慢慢磨练出来的，不过有其极限。我的酒量不大，我也没有亲见过一般人所艳称的那种所谓海量。古代传说“文王饮酒千钟，孔子百觚”，王充《论衡·语增篇》就大加驳斥，他说：“文王之身如防风之君，孔子之体如长狄之人，乃能堪之。”且“文王孔子率礼之人也”，何至于醉酗乱身？就我孤陋的见闻所及，无论是“青州从事”或“平原督邮”[①]，大抵白酒一斤或黄酒三五斤即足以令任何人头昏目眩、黏牙倒齿。唯酒无量，

① 魏晋时期，桓温手下的一个主簿善于辨别酒的优劣。他把好酒叫作“青州从事”，因为青州有个齐郡，齐与脐同音，好酒力一直达到脐部；把劣酒叫作“平原督邮”，因为平原郡有个鬲县，鬲与膈同音，劣酒的酒力只能到达胸腹之间。

以不及于乱为度，看各人自制力如何耳。不为酒困，便是高手。

酒不能解忧，只是令人在由兴奋到麻醉的过程中暂时忘怀一切。即刘伶所谓“无思无虑，其乐陶陶”。可是酒醒之后，所谓“忧心如酲[①]”，那份病酒的滋味很不好受，所付代价也不算小。我在青岛居住的时候，那地方背山面海，风景如绘，在很多人心目中是最理想的卜居之所，唯一缺憾是很少文化背景，没有古迹耐人寻味，也没有适当的娱乐。看山观海，久了也会腻烦，于是呼朋聚饮，三日一小饮，五日一大宴，划拳行令，三十斤花雕一坛，一夕而罄。七名酒徒加上一位女史，正好八仙之数，乃自命为酒中八仙。有时且结伙远征，近则济南，远则南京、北京，不自谦抑，狂言“酒压胶济一带，拳打南北二京”，高自期许，俨然豪气干云的样子。当时作践了身体，这笔账日后要算。一日，胡适之先生过青岛小憩，在宴席上看到八仙过海的盛况大吃一惊，急忙取出他太太给他的一个金戒指，上面镌有“戒”字，戴在手上，表示免战。过后不久，胡先生就写信给我说：“看你们喝酒的样子，就知道青岛不宜久居，还是到北京来吧！”我就到北京去了。现在回想当年酗酒，

① 酲：酒醉后神志不清的状态。心中忧闷，就像醉酒后的病态一样。形容心情十分愁闷压抑。

哪里算得是勇，简直是狂。

酒能削弱人的自制力，所以有人酒后狂笑不止，也有人痛哭不已，更有人口吐洋语滔滔不绝，也许会把平素不敢告人之事吐露一二，甚至把别人的阴私也当众抖搂出来。最令人难堪的是强人饮酒，或单挑，或围剿，或投下井之石，千方万计要把别人灌醉，有人诉诸武力，捏着人家的鼻子灌酒！这也许是人类长久压抑下的一部分兽性之发泄，企图获取胜利的满足，比拿起石棒给人迎头一击要文明一些而已。那咄咄逼人的声嘶力竭的划拳，在赢拳的时候，那一声拖长了的绝叫，也是表示内心的一种满足。在别处得不到满足，就让他们在聚饮的时候如愿以偿吧！只是这种闹饮，以在有隔音设备的房间里举行为宜，免得侵扰他人。

《菜根谭》所谓“花看半开，酒饮微醺”的趣味，才是最令人低回的境界。

蟹

蟹是美味，人人喜爱，无问南北，不分雅俗。当然我说的是河蟹，不是海蟹。在台湾有人专程飞到香港去吃大闸蟹。好多年前我的一位朋友从香港带回了一篓螃蟹，分飨我两只，得膏馋吻。蟹不一定要大闸的，秋高气爽的时节，大陆上任何湖沼、溪流，岸边稻米、高粱一熟，率多盛产螃蟹。在北平，在上海，小贩担着螃蟹满街吆唤。

七尖八团，七月里吃尖脐（雄），八月里吃团脐（雌），那是蟹正肥的季节。记得小时候在北平，每逢到了这个季节，家里总要大吃几顿，每人两只，一尖一团。照例通知长发送五斤花雕全家共饮。有蟹无酒，那是大煞风景的事。《晋书·毕卓传》："右手持酒杯，左手持蟹螯，拍浮酒船中，便足了一生矣！"我们虽然没有那样狂，也很觉得乐陶陶了。母亲对我们说，她小时候在杭州家里吃螃蟹，要慢条斯理，细吹细打，一点蟹肉都不能糟蹋，食毕要把破碎的蟹壳放在戥子上称一下，看谁的一份儿分量轻，表示吃得最干净，有奖。我心粗气浮，没有耐心，蟹的小腿部分总是弃而不食，肚子部分囫囵略咬而已。每次食毕，母亲教我们到后院采择艾尖一大把，搓碎了洗手，去腥气。

在餐馆里吃“炒蟹肉”，南人称“炒蟹粉”，有肉有黄，免得自己剥壳，吃起来痛快，味道就差多了。西餐馆把蟹肉剥出来，填在蟹匡（蟹匡即蟹壳）里烤，那种吃法别致，也索然寡味。食蟹而不失原味的唯一方法是放在笼屉里整只地蒸。在北平吃螃蟹唯一好去处是前门外肉市正阳楼。他家的蟹特大而肥，从天津运到北平的大批蟹，到车站开包，正阳楼先下手挑拣其中最肥大者，比普通摆在市场或摊贩手中者可以大一倍有余，我不知道他是怎样获得这一特权的。蟹到店中蓄在大缸里，浇鸡蛋白催肥，一两天后才应客。我曾掀开缸盖看过，满缸的蛋白泡沫。食客每人一副小木槌、小木垫，黄杨木制，旋床子定制的，小巧合用，敲敲打打，可免牙咬手剥之劳。我们因是老主顾，伙计送了我们好几副这样的工具。这个伙计还有一样绝活，能吃活蟹，请他表演他也不辞。他取来一只活蟹，两指掐住蟹匡，任它双螯乱舞，轻轻把脐掰开，“咔嚓”一声把蟹壳揭开，然后扯碎入口大嚼，看得人无不心惊。据他说味极美，想来也和吃炝活虾差不多。在正阳楼吃蟹，每客一尖一团足矣，然后补上一碟烤羊肉夹烧饼而食之，酒足饭饱。别忘了要一碗汆大甲，这碗汤妙趣无穷，高汤一碗煮沸，投下剥好了的蟹螯七八块，立即起锅注在碗内，洒上芫荽末、胡椒粉，和切碎了的回锅老油条。除了这一味汆大甲，没有任何别的羹汤可以压得住这一餐饭的阵脚。以蒸蟹始，以大甲汤终，前后照应，犹如一篇起承转合的文章。

蟹黄蟹肉有许多种吃法，烧白菜，烧鱼唇，烧鱼翅，都可以。蟹黄烧卖则尤其可口，唯必须真有蟹黄、蟹肉放在馅内才好，不是一两小块蟹黄摆在外面做样子的。蟹肉可以腌后收藏起来，是为“蟹胥”，俗名为“蟹酱”，这是我们古已有之的美味。《周礼·天官·庖人注》：“青州之蟹胥。”青州在山东，我在山东住过，却不曾吃过青州蟹胥，但是我有一位家乡在芜湖的同学，他从家乡带了一小坛蟹酱给我。打开坛子，黄澄澄的蟹油一层，香气扑鼻。一碗阳春面，加进一两匙蟹酱，岂止是“清水变鸡汤”？

海蟹虽然味较差，但是个子粗大，肉多。从前我乘船路过烟台、威海卫，停泊之后，舢板云集，大半是贩卖螃蟹和大虾的。都是煮熟了的。价钱便宜，买来就可以吃。虽然微有腥气，聊胜于无。生平吃海蟹最满意的一次，是在美国华盛顿州的安哲利斯港的码头附近，买得两只巨蟹，硕大无朋，从冰柜里取出，却十分新鲜，也是煮熟了的，一家人乘等候轮渡之便，在车上分而食之，味甚鲜美，和河蟹相比各有千秋，这一次的享受至今难忘。

陆放翁诗："磊落金盘荐糖蟹。"我不知道螃蟹可以加糖。可是古人记载确有其事。《清异录》："炀帝幸江州，吴中贡糖蟹。"《梦溪笔谈》："大业中，吴郡贡蜜蟹二千头……大抵南人嗜咸，北人嗜甘，鱼蟹加糖蜜，盖便于北俗也。"如今北人没有这种风俗，至少我没有吃过甜螃蟹，我只吃过南人的醉蟹，真咸！螃蟹蘸姜醋，是标准的吃法，常有人在醋里加糖，变成酸甜的味道，怪！

佛跳墙

“佛跳墙”的名字好怪。何物美味竟能引得我佛失去定力跳过墙去品尝？我来台湾以前没听说过这一道菜。

《读者文摘》（一九八三年七月中文版）引载可叵的一篇短文《佛跳墙》，据她说佛跳墙“那东西说来真罪过，全是荤的，又是猪脚，又是鸡，又是海参、蹄筋，炖成一大锅……这全是广告噱头，说什么这道菜太香了，香得连佛都跳墙去偷吃了”。我相信她的话，是广告噱头，不过佛都跳墙，我也一直的跃跃欲试。

同一年三月七日《青年战士报》有一位郑木金先生写过一篇《油画家杨三郎祖传菜名闻艺坛——佛跳墙耐人寻味》，他大致说：“传自福州的佛跳墙……在台北各大餐馆，正宗的佛跳墙已经品尝不到了……偶尔在一般乡间家庭的喜筵里也会出现此道台湾名菜，大都以芋头、鱼皮、排骨、金针菇为主要配料。其实源自福州的佛跳墙，配料极其珍贵。杨太太许玉燕花了十多天闲工夫才能做成的这道菜，有海参、猪蹄筋、红枣、鱼刺、鱼皮、栗子、香菇、蹄膀筋肉等十种昂贵的配料，先熬鸡汁，再将去肉的鸡汁和这些配料予以慢工出细活的好几遍煮法，前后计时将近两星期……已不再是原有的各种不同味道，而合为一味。香醇甘美，齿颊留香，两三天仍回味无穷。”这样说来，佛跳墙好像就是一锅煮得稀巴烂的高级大杂烩了。

北方流行的一个笑话，出家人吃斋茹素，也有老和尚忍耐不住想吃荤腥，暗中买了猪肉运入僧房，乘大众入睡之后，纳肉于釜中，取佛堂燃剩之蜡烛头一罐，轮番点燃蜡烛头于釜下烧之。恐香气外溢，乃密封其釜使不透气。一罐蜡烛头于一夜之间烧光，细火久焖，而釜中之肉烂矣；而且酥软味腴，迥异寻常。戏名之为“蜡头炖肉”。这当然是笑话，但是有理。

我没有方外的朋友，也没吃过蜡头炖肉，但是我吃过“坛子肉”。坛子就是瓦钵，有盖，平常做储食物之用。坛子不需大，高半尺以内最宜。肉及佐料放在坛子里，不需加水，密封坛盖，文火慢炖，稍加冰糖。抗战时在四川，冬日取暖多用炭盆，亦颇适于做坛子肉，以坛置定盆中，烧一大盆缸炭，坐坛子于炭火中而以灰覆炭，使徐徐燃烧，约十小时后炭未尽成烬而坛子肉熟矣。纯用精肉，佐以葱姜，取其不失本味，如加配料以笋为最宜，因为笋不夺味。

“东坡肉”无人不知。究竟怎样才算是正宗的东坡肉，则去古已远，很难说了。幸而东坡有一篇“猪肉颂”：

> 净洗铛，少着水，
> 柴头罨烟焰不起。
> 待他自熟莫催他，
> 火候足时他自美。
> 黄州好猪肉，价钱如泥土，
> 贵者不肯食，贫者不解煮。
> 早晨起来打两碗，
> 饱得自家君莫管。

看他的说法，是晚上煮了第二天早晨吃，无他秘诀，小火慢煨而已。也是循蜡头炖肉的原理。就是坛子肉的别名吧？

一日，唐嗣尧先生招余夫妇饮于其巷口一餐馆，云其佛跳墙值得一尝，乃欣然往。小罐上桌，揭开罐盖热气腾腾，肉香触鼻。是否及得杨三郎先生家的佳制固不敢说，但亦颇使老饕满意。可惜该餐馆不久歇业了。

我不是远庖厨的君子，但是最怕做红烧肉，因为我性急而健忘，十次烧肉九次烧焦，不但糟蹋了肉，而且烧毁了锅，满屋浓烟，邻人以为是失了火。近有所谓电慢锅者，利用微弱电力，可以长时间地煨煮肉类，对于老而且懒又没有记性的人颇为有用，曾试烹近似佛跳墙一类的红烧肉，很成功。

烧鸭

北平烤鸭，名闻中外，在北平不叫烤鸭，叫烧鸭，或烧鸭子，在口语中加一子字。

《北平风俗杂咏》严辰《忆京都词》十一首，第五首云：

忆京都 · 填鸭冠寰中

烂煮登盘肥且美，加之炮烙制尤工。
此间亦有呼名鸭，骨瘦如柴空打杀。

严辰是浙人，对于北平填鸭之倾倒，可谓情见乎词。

北平苦旱，不是产鸭盛地，唯近在咫尺、之通州得运河之便，渠塘交错，特宜畜鸭。佳种皆纯白，野鸭、花鸭则非上选。鸭自通州运到北平，仍需施以填肥手续。以高粱及其他饲料揉搓成圆条状，较一般香肠热狗为粗，长约四寸许。通州的鸭子师傅抓过一只鸭来，夹在两条腿间，使不得动，用手掰开鸭嘴，以粗长的一根根的食料蘸着水硬行塞入。鸭子要叫都叫不出声，只有眨巴眼的份儿。塞进口中之后，用手紧紧地往下捋鸭的脖子，硬把那一根根的东西挤送到鸭的胃里。填进几根之后，眼看着再填就要撑破肚皮，这才松手，把鸭关进一间不见天日的小棚子里。几十百只鸭关在一起，像沙丁鱼，绝无活动余地，只是尽量给予水喝。这样关了若干天，天天扯出来填，非肥不可，故名“填鸭”。一来鸭子品种好，二来师傅手艺高，所以填鸭为北平所独有。抗战时期在后方有一家餐馆试行填鸭，三分之一死去，没死的虽非骨瘦如柴，也并不很肥，这是我亲眼看到的。鸭一定要肥，肥才嫩。

北平烧鸭，除了专门卖鸭的餐馆如全聚德之外，是由便宜坊（即酱肘子铺）发售的。在馆子里亦可吃烤鸭，例如在福全馆宴客，就可以叫右边邻近的一家便宜坊送了过来。自从宣外的老便宜坊关张以后，要以东城的金鱼胡同口的宝华春为后起之秀，楼下门市，楼上小楼一角最是吃烧鸭的好地方。在家里打一个电话，宝华春就会派一个小利巴[①]，用保温的铅铁桶送

① 小利巴：北京方言。在饭店、店铺或车站码头做粗活、杂活的学徒。

来一只才出炉的烧鸭，油淋淋的，烫手热的。附带着他还管代蒸荷叶饼、葱、酱之类。他在席旁小桌上当众片鸭，手艺不错，讲究片得薄，每一片有皮有油有肉，随后一盘瘦肉，最后是鸭头、鸭尖[①]，大功告成。主人高兴，赏钱两吊，小利巴欢天喜地称谢而去。

填鸭费工费料，后来一般餐馆几乎都卖烧鸭，叫作叉烧烤鸭，连闷炉的设备也省了，就地一堆炭火、一根铁叉就能应市。同时用的是未经填肥的普通鸭子，吹凸了鸭皮晾干一烤，也能烤得焦黄迸脆。但是除了皮就是肉，没有黄油，味道当然差得多。有人到北平吃烤鸭，归来盛道其美，我问他好在哪里，他说："有皮，有肉，没有油。"我告诉他："你还没有吃过北平烤鸭。"

所谓一鸭三吃，那是广告噱头。在北平吃烧鸭，照例有一碗滴出来的油，有一副鸭架装。鸭油可以蒸蛋羹，鸭架装可以熬白菜，也可以煮汤打卤。馆子里的鸭架装熬白菜，可能是预先煮好的大锅菜，稀汤寡水，索然寡味。会吃的人要把整个的架装带回家里去煮。这一锅汤，若是加口蘑（不是冬菇，不是香蕈）打卤，卤上再加一勺炸花椒油，吃打卤面，其味之美无与伦比。

① 鸭尖：就是鸭屁股。指鸭屁股上端长尾羽的部位，肉肥嫩，学名"腔上囊"。

狮子头

狮子头，扬州名菜。大概是取其形似，而又相当大，故名。北方饭庄称之为“四喜丸子”，因为一盘四个。北方做法不及扬州狮子头远甚。

我的同学王化成先生，扬州人，幼失恃[①]，赖姑氏扶养成人，姑善烹调，化成耳濡目染，亦通调和鼎鼐之道。化成在外交部为官多年，后外放葡萄牙公使历时甚久，终于任上。他公余之暇，常亲操刀俎，以娱嘉宾。狮子头为其拿手杰作之一，曾以制作方法见告。

狮子头人人会做，巧妙各有不同。化成教我的方法是这样的——

首先取材要精。细嫩猪肉一大块，七分瘦三分肥，不可有些许筋络纠结于其间。切割之际最要注意，不可切得七歪八

① 失恃：幼年母亲去世。

斜，亦不可剁成碎泥，其秘诀是“多切少斩”。挨着刀切成碎丁，越碎越好，然后略为斩剁。

其次步骤也很重要。肉里不羼[①]芡粉，容易碎散；加了芡粉，黏糊糊的不是味道。所以调好芡粉要抹在两个手掌上，然后捏搓肉末成四个丸子，这样丸子外表便自然糊上了一层芡粉，而里面没有。把丸子微微按扁，下油锅炸，以丸子表面紧绷微黄为度。

再下一步是蒸。碗里先放一层转刀块冬笋垫底，再不然就横切黄芽白[②]作墩形数个也好。把炸过的丸子轻轻放在碗里，大火蒸一个钟头以上。揭开锅盖一看，浮着满碗的油，用大匙把油撇去，或用大吸管吸去，使碗里不见一滴油。

这样的狮子头，不能用筷子夹，要用羹匙舀，其嫩有如豆腐。肉里要加葱汁、姜汁、盐。愿意加海参、虾仁、荸荠、香蕈，各随其便，不过也要切碎。

狮子头是雅舍食谱中重要的一色。最能欣赏的是当年在北碚的编译馆同仁萧毅武先生，他初学英语，称之为“莱阳海带”，见之辄眉飞色舞。化成客死异乡，墓木早拱矣，思之怃然！

① 羼（chàn）：杂居、混杂、掺杂。本义：群羊杂居；引申为掺杂。
② 黄芽白：大白菜的一个优质品种。

豆汁儿

“豆汁”下面一定要加一个“儿”字，就好像说鸡蛋的时候“鸡子”下面一定要加一个“儿”字，若没有这个轻读的语尾，听者就会不明白你的语意而生误解。

胡金铨先生在谈老舍的一本书上，一开头就说：“不能喝豆汁儿的人算不得是真正的北平人。”这话一点儿也不错。就是在北平，喝豆汁儿也是以北平城里的人为限，城外乡间没有人喝豆汁儿，制作豆汁儿的原料是用以喂猪的。但是这种原料，加水熬煮，却成了城里人个个喜欢的食物。而且这与阶级无关。卖力气的苦哈哈[1]，一脸渍泥儿，坐小板凳儿，围着豆汁儿挑子，啃豆腐丝儿卷大饼，喝豆汁儿，就咸菜儿，固然是自得其乐。府门头儿的姑娘、哥儿们，不便在街头巷尾公开露面，和穷苦的平民混在一起喝豆汁儿，也会派底下人或者老妈子拿

① 苦哈哈：穷人。

砂锅去买回家里重新加热大喝特喝。而且不会忘记带回一碟那挑子上特备的辣咸菜，家里尽管有上好的酱菜，不管用，非那个廉价的大腌萝卜丝拌的咸菜不够味。口有同嗜，不分贫富、老少、男女。我不知道为什么北平人养成这种特殊的口味。南方人到了北平，不可能喝豆汁儿的，就是河北各县也没有人能容忍这个异味而不龇牙咧嘴。豆汁儿之妙，一在酸，酸中带馊腐的怪味。二在烫，只能吸溜吸溜地喝，不能大口猛灌。三在咸菜的辣，辣得舌尖发麻。越辣越喝，越喝越烫，最后是满头大汗。我小时候在夏天喝豆汁儿，是先脱光脊梁，然后才喝，等到汗落再穿上衣服。

自从离开北平，想念豆汁儿不能自已。有一年我路过济南，在车站附近一个小饭铺墙上贴着条子说有“豆汁”发售。叫了一碗来吃，原来是豆浆。是我自己疏忽，写明的是“豆汁”，不是“豆汁儿”。来到台湾，有朋友说有一家饭馆儿卖豆汁儿，乃偕往一尝。乌糟糟的两碗端上来，倒是有一股酸馊之味触鼻，可是稠糊糊的像麦片粥，到嘴里很难下咽。可见在什么地方吃什么东西，勉强不得。

酸梅汤与糖葫芦

夏天喝酸梅汤，冬天吃糖葫芦，在北平是不分阶级人人都能享受的事。不过东西也有精粗之别。琉璃厂信远斋的酸梅汤与糖葫芦，特别考究，与其他各处或街头小贩所供应者大有不同。

徐凌霄《旧都百话》关于酸梅汤有这样的记载：

> 暑天之冰，以冰梅汤为最流行，大街小巷，干鲜果铺的门口，都可以看见“冰镇梅汤”四字的木檐横额。有的黄底黑字，甚为工致，迎风招展，好似酒家的帘子一样，使过往的热人，望梅止渴，富于吸引力。昔年京朝大老，贵客雅流，有闲工夫，常常要到琉璃厂逛逛书铺，品品古董，考考版本，消磨长昼。天热口干，辄以信远斋梅汤为解渴之需。

信远斋铺面很小，只有两间小小门面，临街是旧式玻璃门窗，拂拭得一尘不染，门楣上一块黑漆金字匾额，铺内清洁简单，地道的北平式的装修。进门右手方有一黑漆大木桶，里面有一大白瓷罐，罐外周围全是碎冰，罐里是酸梅汤，所以名为冰镇，北平的冰是从什刹海或护城河挖取藏在窖内的，冰块里可以看见草皮、木屑，泥沙秽物更不能免，是不能放在饮料里喝的。什刹海会贤堂的名件“冰碗”，莲蓬、桃仁、杏仁、菱角、藕都放在冰块上，食客不嫌其脏，真是不可思议。有人甚至把冰块放在酸梅汤里！信远斋的冰镇就高明多了。因为桶大、罐小、冰多，喝起来凉沁脾胃。它的酸梅汤的成功秘诀，是冰糖多、梅汁稠、水少，所以味浓而酽。上口冰凉，甜酸适度，含在嘴里如品纯醪，舍不得下咽。很少人能站在那里喝那一小碗而不再喝一碗的。抗战胜利还乡，我带孩子们到信远斋，我准许他们能喝多少碗都可以。他们连尽七碗方始罢休。我每次去喝，不是为解渴，是为解馋。我不知道为什么没有人动脑筋把信远斋的酸梅汤制为罐头行销各地，而一任“可口可乐”到处猖狂。

信远斋也卖酸梅卤、酸梅糕。卤冲水可以制酸梅汤，但是无论如何不能像站在那木桶旁边细啜那样有味。我自己在家也曾试做，在药铺买了乌梅，在干果铺买了大块冰糖，不惜工本，仍难如愿。信远斋掌柜姓萧，一团和气，我曾问他何以仿制不成，他回答得很妙："请您过来喝，别自己费事了。"

信远斋也卖蜜饯、冰糖子儿、糖葫芦。以糖葫芦为最出色。北平糖葫芦分三种。一种用麦芽糖，北平话是"糖稀"，可以做大串山里红的糖葫芦，可以长达五尺多，这种大糖葫芦，新年厂甸卖得最多。麦芽糖裹水杏儿（没长大的绿杏），很好吃，做糖葫芦就不见佳，尤其是山里红常是烂的或是带虫子屎。另一种用白糖和了粘上去，冷了之后白汪汪的一层霜，另有风味。正宗的冰糖葫芦，薄薄一层糖，透明雪亮。材料种类甚多，诸如海棠、山药、山药豆、杏干、葡萄、橘子、荸荠、核桃，但是以山里红为正宗。山里红，即山楂，北地盛产，味酸，裹糖则极可口。一般的糖葫芦皆用半尺来长的竹签，街头小贩所售，多染尘沙，而且品质粗劣。东安市场所售较为高级。但仍以信斋所制为最精，不用竹签，每一颗山里红或海棠均单个独立，所用之果皆硕大无朋，而且干净，放在垫了油纸的纸盒中由客携去。

离开北平就没吃过糖葫芦，实在想念。近有客自北平来，说起糖葫芦，据称在北平这种不属于任何一个阶级的食物几已绝迹。他说我们在台湾自己家里也未尝不可试做，台湾虽无山里红，其他水果种类不少，蘸了冰糖汁，放在一块涂了油的玻璃板上，送入冰箱冷冻，岂不即可等着大嚼？他说他制成之后将邀我共尝，但是迄今尚无下文，不知结果如何。

烧饼油条

烧饼油条是我们中国人标准早餐之一，在北方不分省份、不分阶级、不分老少，大概都欢喜食用。我生长在北平，小时候的早餐几乎永远是一套烧饼油条——不，叫油炸鬼，不叫油条。有人说，油炸鬼是油炸桧之讹，大家痛恨秦桧，所以名之为油炸桧以泄愤，这种说法恐怕是源自南方，因为北方读音鬼与桧不同，为什么叫油鬼，没人知道。在比较富裕的大家庭里，只有做父亲的才有资格偶然以馄饨、鸡丝面或羊肉馅包子做早点，只有做祖父母的才有资格常以燕窝汤、莲子羹或哈士蟆[1]之类做早点，像我们这些“民族幼苗”，便只有烧饼油条来果腹了。说来奇怪，我对于烧饼油条从无反感，天天吃也不厌，我清早起来，就有一大簸箩烧饼油鬼在桌上等着我。

现在台湾的烧饼油条，我以前在北平还没见过。我所知

① 哈士蟆：东北林蛙，在中国更为人知的名字是雪蛤。传统医学认为它是滋补良药，自明代起被列为四大山珍（熊掌、林蛙、飞龙、猴头）之一。

道的烧饼，有螺蛳转儿、芝麻酱烧饼、马蹄儿、驴蹄儿几种，油鬼有麻花儿、甜油鬼、炸饼儿几种。螺蛳转儿夹麻花儿是一绝，扳开螺蛳转儿，夹进麻花儿，用手一按，咔吱一声麻花儿碎了，这一声响就很有意思，如今我再也听不到这个声音。有一天和齐如山先生谈起，他也很感慨，他嫌此地油条不够脆，有一次他请炸油条的人给他特别炸焦，“我加倍给你钱”，那个炸油条的人好像是前一夜没睡好觉（事实上凡是炸油条、烙烧饼的人都是睡眠不足），一翻白眼说：“你有钱？我不伺候！”回锅油条、老油条也不是味道，焦硬有余，酥脆不足。至于烧饼、螺蛳转儿好像久已不见了，因为专门制售螺蛳转儿的粥铺早已绝迹了。所谓粥铺，是专卖甜浆粥的一种小店，甜浆粥是一种稀稀的粗粮米汤，其味特殊。北平城里的人不知道喝豆浆，常是一碗甜浆粥一套螺蛳转儿，但是这也得到粥铺去趁热享用才好吃。我到十四岁以后才喝到豆浆，我相信我父母一辈子也没有喝过豆浆。我们家里吃烧饼油条，嘴干了就喝大壶的茶，难得有一次喝到甜浆粥。后来我到了上海，才看到细细长长的那种烧饼，以及菱形的烧饼，而且油条长长的也不适于夹在烧饼里。

火腿、鸡蛋、牛油面包作为标准的早点，当然也很好，但我只是在不得已的情形下才接受了这种异俗。我心里怀念的仍是烧饼油条。和我有同嗜的人相当不少。海外羁旅，对于家乡土物率多念念不忘。有一位华裔美籍的学人，每次到台湾来都要带一二百副烧饼油条回到美国去，存在冰橱里，逐日拣取一副放在烤箱或电锅里一烤，便觉得美不可言。谁不知道烧饼油条只是脂肪、淀粉，从营养学来看，不构成一份平衡的食品。但是多年习惯，对此不能忘情。在纽约曾有人招待我到一家中国餐馆进早点，座无虚席，都是烧饼油条客，那油条一根根的都很结棍[①]，韧性很强。但是大家觉得这是家乡味，聊胜于无。做油条的师傅，说不定曾经付过二两黄金才学到如此这般的手艺。又有一位返国观光的游子，住在台北一家观光旅馆里，晨起第一桩事就是外出寻找烧饼油条，遍寻无着，返回旅舍问服务小姐，服务小姐登时蛾眉一耸说："这是观光区域，怎会有这种东西，你要向偏僻街道、小巷去找。"闹哄了一阵，兴趣已无，乖乖地到附设餐厅里去吃火腿、鸡蛋、面包了事。

有人看我天天吃烧饼油条，就问我："你不嫌脏？"我没想到这个问题。据这位关心的人说，要注意烧饼里有没有老鼠屎，第二天我打开烧饼先检查，哇，一颗不大不小像一颗万

① 结棍：结实，指厉害，强，狠，很好。多见于江南方言。

应锭[①]似的黑黑的东西赫然在焉。用手一捻，碎了。若是不当心，入口一咬，必定牙碜，也许不当心会咽了下去。想起来好怕，一颗老鼠屎搅坏一锅粥，这话不假，从此我存了戒心。看看那个豆浆店，小小一间门面，案板、油锅都放在行人道上，满地是油渍污泥，一袋袋的面粉堆在一旁像沙包一样，阴沟里老鼠横行。再看看那打烧饼、炸油条的人，头发蓬松，上身只有灰白背心，脚上一双拖鞋，说不定嘴里还叼着一根纸烟。在这种情况之下，要使老鼠屎不混进烧饼里去，着实很难。好在不是一个烧饼里必定轮配到一橛老鼠屎，难得遇见一回，所以戒心维持了一阵也就解严了。

也曾经有过观光级的豆浆店出现，在那里有峨高冠的厨师，有穿制服的侍者，有装潢，有灯饰；筷子有纸包着，豆浆碗下有盘托着，餐巾用过就换，而不是一块毛巾大家用，像邮局糨糊旁边附设的小块毛巾那样的又脏又黏。如果你带外宾进去吃早点，可以不至于脸红。但是偶尔观光一次是可以的，谁也不能天天去观光，谁也不能常跑远路去图一饱。于是这打肿脸充胖子的局面维持不下去了，烧饼油条依然是在行人道边乌烟瘴气的环境里苟延残喘。而且我感觉到吃烧饼油条的同志也越来越少了。

① 万应锭：中成药名。为清热剂，具有清热、镇惊、解毒之功效。主治小儿邪毒内蕴、高热烦躁、易惊、口舌生疮、牙龈、咽喉肿痛。

味精

味精是外国发明的，最初市上流行的是日本的“味の素”，后来才有自制各种牌子的味精上市取代了日货。

“清水变鸡汤”，起初大家认为几乎是不可思议之事。有一位茹素的老太太，无论如何不肯吃加了味精的东西，她说有人告诉她那是蛇肉蛇骨做的，否则焉有那样好的味道？她越想越有理，遂坚信不疑。又有一位老先生，也以为味精是邪魔外道，只有鸡鸭煮出来的高汤才是调味的妙品。他吃面馆的馄饨，赞不绝口，认为那汤是纯粹的高汤，既清且醇。直到有一天亲眼看见厨师放进一小勺味精，他才长叹一声，有一向受骗之感。

其实味精并不是要不得的东西。从前我有一位扬州厨师，他炒的菜硬是比别人的好吃。我到厨房旁观他炒白菜。他切大白菜，刀法好，叶归叶，茎归茎，都切成长条形，茎厚者则斜刀片薄。茎先下锅炒，半熟才下叶，加盐加几块木耳，加味精，掂起锅来翻两下，立刻取出，色香味俱全。

大凡蔬菜，无论是清炒或煮汤，皆不妨略加味精少许，但分量绝对要少。味精和食盐都是钠的化合物，吃太多盐则口渴，吃太多味精也同样的口渴。我们常到餐馆吃饭，回到家来一定要大量喝茶，就是因为餐馆的菜几乎无一不大量加味精。甚至有些餐馆做葱油饼或是腌黄瓜也羼味精！有些小餐馆，在临街的柜橱里陈列几十个头号味精大罐（多半是空的）以为号召，其实是令人望而生畏。

现在有些人懂得要少吃盐的道理，对味精也有戒心。但是一般人还不甚了了。餐馆迎合顾客口味，以味精为讨好的捷径。常见有些食客，谆谆嘱咐侍者："菜不要加味精！"他们没有了解餐馆的结构。普通餐馆人员分为柜上、灶上、堂口，三部分。各自为政，很少沟通。关照侍者的话，未必能及时传到灶上，灶上掌勺的大师傅也未必肯理。味精照加，嘱咐的话等于白说。

国人嗜味精成了风气，许多大大小小的厨师到美国开餐馆，把滥用味精的恶习也带到了美国。中国餐馆在美国，本来是以"杂碎"出名，虽然不登大雅之堂，却也相安无事。近年来餐馆林立，味精泛滥，遂引起“中国餐馆症候群”的风波，有些地方人士一度排斥中国餐馆，指控吃了中国菜就头晕口渴恶心。美国佬没吃过这样多的味精，一时无法容纳，所以有此现象，稍后习惯了一些，也就不再嚷嚷了。

国内有些人家从来不备味精，但是女佣会偷偷地自掏腰包买一小包味精，藏在厨房的一个角落，乘主人不防，在菜锅里撒上一小勺。她的理由是：“不加味精不好吃嘛！”

豆腐

豆腐是我们中国食品中的瑰宝。豆腐之法，是否始于汉淮南王刘安，没有关系，反正我们已经吃了这么多年，至今仍然在吃。在海外留学的人，到唐人街杂碎馆打牙祭少不了要吃一盘烧豆腐，方才有家乡风味。有人在海外由于制豆腐而发了财，也有人研究豆腐而得到学位。

关于豆腐的事情，可以编写一部大书，现在只是谈谈几项我个人所喜欢的吃法。

凉拌豆腐，最简单不过。买块嫩豆腐，冲洗干净，加上一些葱花，撒些盐，加麻油，就很好吃。若是用红酱豆腐的汁浇上去，更好吃。至不济浇上一些酱油膏和麻油，也不错。我最喜欢的是香椿拌豆腐。香椿就是庄子所说的“以八千岁为春，以八千岁为秋”的椿。取其吉利，我家后院植有一棵不大不小的椿树，春发嫩芽，绿中微带红色，摘下来用沸水一烫，切成碎末，拌豆腐，有奇香。可是别误摘臭椿，臭椿就是樗，《本草纲目》李时珍曰："其叶臭恶，歉年人或采食。"近来台湾也有香椿芽偶然在市上出现，虽非臭椿，但是嫌其太粗壮，香气不足。在北平，和香椿拌豆腐可以相提并论的是黄瓜拌豆腐，这黄瓜若是冬天温室里长出来的，在没有黄瓜的季节吃黄瓜拌豆腐，其乐也如何？比松花拌豆腐好吃得多。

"鸡刨豆腐"是普通家常菜，可是很有风味。一块老豆腐用铲子在炒锅热油里戳碎，戳得乱七八糟，略炒一下，倒下一个打碎了的鸡蛋，再炒，加大量葱花。养过鸡的人应该知道，一块豆腐被鸡刨了是什么样子。

锅塌豆腐又是一种味道。切豆腐成许多长方块，厚薄随意，裹以鸡蛋汁，再裹上一层芡粉，入油锅炸，炸到两面焦，取出。再下锅，浇上预先备好的调味汁，如酱油料酒等，如有虾子羼入更好。略烹片刻，即可供食。虽然仍是豆腐，然已别有滋味。台北天厨陈万策老板，自己吃长斋，然喜烹调，推出的锅塌豆腐就是北平作风。

沿街担贩有卖"老豆腐"者。担子一边是锅灶，煮着一锅豆腐，久煮成蜂窝状，另一边是碗匙佐料如酱油、醋、韭菜末、芝麻酱、辣椒油之类。这样的老豆腐，自己在家里也可以做。天厨的老豆腐，加上了鲍鱼、火腿等，身份就不一样了。

担贩亦有吆喝“卤煮啊，炸豆腐！”者，他卖的是炸豆腐，三角形的，间或还有加上炸豆腐丸子的，煮得烂，加上些佐料如花椒之类，也别有风味。

一九二九年至一九三〇年之际，李璜先生宴客于上海四马路美丽川（应该是美丽川菜馆，大家都称之为美丽川），我记得在座的有徐悲鸿、蒋碧微等人，还有我不能忘的席中的一道“蚝油豆腐”。事隔五十余年，不知李幼老还记得否。蚝油豆腐用头号大盘，上面平铺着嫩豆腐，一片片的像瓦垄然，整齐端正，黄澄澄的稀溜溜的蚝油汁洒在上面，亮晶晶的。那时候四川菜在上海初露头角，我首次品尝，诧为异味，此后数十年间吃过无数次川菜，不曾再遇此一杰作。我揣想那一盘豆腐是摆好之后去蒸的，然后浇汁。

厚德福有一道名菜，尝过的人不多，因为非有特殊关系或情形他们不肯做，做起来太麻烦，这就是“罗汉豆腐”。豆腐捣成泥，加芡粉以增其黏性，然后捏豆腐泥成小饼状，实以肉馅，和捏汤团一般，下锅过油，再下锅红烧，辅以佐料。罗汉是断尽三界一切见思惑的圣者，焉肯吃外表豆腐而内含肉馅的丸子，称之为“罗汉豆腐”是有揶揄之意，而且也没有特殊的美味，和“佛跳墙”同是噱头而已。

冻豆腐是广受欢迎的，可下火锅，可做冻豆腐粉丝熬白菜（或酸菜）。有人说，玉泉山的冻豆腐最好吃，泉水好，其实也未必。凡是冻豆腐，味道都差不多。我常看到北方的劳苦人民，辛劳一天，然后拿着一大块锅盔，捧着一黑皮大碗的冻豆腐粉丝熬白菜，稀里咕噜地吃，我知道他自食其力，他很快乐。

饺子

“好吃不过饺子，舒服不过倒着。”这是北方乡下的一句俗语。北平城里的人不说这句话。因为北平人过去不说饺子，都说“煮饽饽”，这也许是满洲语。我到了十四岁才知道煮饽饽就是饺子。

北方人，不论贵贱，都以饺子为美食。钟鸣鼎食之家有的是人力财力，吃顿饺子不算一回事。小康之家要吃顿饺子要动员全家老少，和面、擀皮、剁馅、包捏、煮，忙成一团，然而亦趣在其中。年终吃饺子是天经地义，有人胃口特强，能从初一到十五顿顿饺子，乐此不疲。当然连吃两顿就告饶的也不是没有。至于在乡下，吃顿饺子不易，也许要在姑奶奶回娘家时候才能有此豪举。

饺子的成色不同，我吃过最低级的饺子。抗战期间有一年除夕我在陕西宝鸡，餐馆过年全不营业，我踯躅街头，遥见铁路旁边有一草棚，灯火荧然，热气直冒，乃趋就之，竟是一间饺子馆。我叫了二十个韭菜馅饺子，店主还抓了一把带皮的蒜瓣给我，外加一碗热汤。我吃得一头大汗，十分满足。

我也吃过顶精致的一顿饺子。在青岛顺兴楼宴会，最后上了一钵水饺，饺子奇小，长仅寸许，馅子却是黄鱼韭黄，汤是清澈而浓的鸡汤，表面上还漂着少许鸡油。大家已经酒足菜饱，禁不住诱惑，还是给吃得精光，连连叫好。

做饺子第一面皮要好。店肆现成的饺子皮，碱太多，煮出来滑溜溜的，咬起来韧性不足。所以一定要自己和面，软硬合度，而且要多醒一阵子。盖上一块湿布，防干裂。擀皮子不难，久练即熟，中心稍厚，边缘稍薄。包的时候一定要用手指捏紧。有些店里伙计包饺子，用拳头一握就是一个，快则快矣，煮出来一个个的面疙瘩，一无是处。

饺子馅各随所好。有人爱吃荠菜，有人怕吃茴香。有人要薄皮大馅，最好是一兜儿肉，有人愿意多羼青菜。（有一位太太应邀吃饺子，咬了一口大叫，主人以为她必是吃到了苍蝇蟑螂什么的，她说：“怎么，这里面全是菜！”主人大窘。）有人以为猪肉冬瓜馅最好，有人认定羊肉白菜馅为正宗。韭菜馅有人说香，有人说臭，天下之口并不一定同嗜。

冷冻饺子是不得已而为之，还是新鲜的好。据说新发明了一种制造饺子的机器，一贯作业，整治迅速，我尚未见过。我想最好的饺子机器应该是——人。

吃剩下的饺子，冷藏起来，第二天油锅里一炸，炸得焦黄，好吃。

粥

我不爱吃粥。小时候一生病就被迫喝粥。因此非常怕生病。平素早点总是烧饼、油条、馒头、包子，非干物生噎不饱。抗战时在外作客，偶寓友人家，早餐是一锅稀饭，四色小菜大家分享。一小块酱豆腐在碟子中央孤立，一小撮花生米疏疏落落地撒在盘子中，一根油条斩做许多碎块堆在碟中成一小丘，一个完整的皮蛋在酱油碟里晃来晃去。不能说是不丰盛了，但是干噎惯了的人就觉得委屈，如果不算是虐待。

也有例外。我母亲若是亲自熬一小薄铫儿的粥，分半碗给我吃，我甘之如饴。薄铫（音吊）儿即是有柄有盖的小砂锅，最多能煮两小碗粥，在小白炉子的火口边上煮。不用剩饭煮，用生米淘净慢煨。水一次加足，不半途添水。始终不加搅和，任它翻滚。这样煮出来的粥，黏和，烂，而颗颗米粒是完整的，香。再佐以笋尖火腿糟豆腐之类，其味甚佳。

一说起粥，就不免想起从前北方的粥厂，那是慈善机构或好心人士施舍救济的地方。每逢冬天就有不少鹑衣百结的人排队领粥。“饘粥不继”就是形容连粥都没得喝的人。“饘”是稠粥，粥指稀粥。喝粥暂时装满肚皮，不能经久。喝粥聊胜于喝西北风。

不过我们也必须承认，某些粥还是蛮好喝的。北方人家熬粥熟，有时加上大把的白菜心，俟菜烂再撒上一些盐和麻油，别有风味，名为“菜粥”。若是粥煮好后取嫩荷叶洗净铺在粥上，粥变成淡淡的绿色，有一股荷叶的清香渗入粥内，是为“荷叶粥”。从前北平有所谓粥铺，清晨卖“甜浆粥”，是用一种碎米熬成的稀米汤，有一种奇特的风味，佐以特制的螺丝转儿炸麻花儿，是很别致的平民化早点，但是不知何故被淘汰了。还有所谓大麦粥，是沿街叫卖的平民食物，有异香，也不见了。

台湾消夜所谓“清粥小菜”，粥里经常羼有红薯，味亦不恶。小菜真正是小盘小碗，荤素俱备。白日正餐大鱼大肉，消夜啜粥甚宜。

腊八粥是粥类中的综艺节目。北平雍和宫煮腊八粥，据《旧京风俗志》，是由内务府主办，惊师动众，这一顿粥要耗十万两银子！煮好先恭呈御用，然后分别赏赐王公大臣，这不是喝粥，这是招摇。然而煮腊八粥的风俗深入民间至今弗辍。我小时候喝腊八粥是一件大事。午夜才过，我的二舅爹爹（我父亲的二舅父）就开始作业，搬出擦得锃光大亮的大小铜锅两个，大的高一尺开外，口径约一尺。然后把预先分别泡过的五谷杂粮如小米、红豆、老鸡头、薏仁米，以及粥果如白果、栗子、胡桃、红枣、桂圆肉之类，开始熬煮，不住地用长柄大勺搅动，防粘锅底。两锅内容不太一样，大的粗糙些，小的细致些，以粥果多少为别。此外尚有额外精致粥果另装一盘，如瓜子仁、杏仁、葡萄干、红丝青丝、松子、蜜饯之类，准备临时放在粥面上的。等到腊八早晨，每人一大碗，尽量加红糖，稀里呼噜地喝个尽兴。家家熬粥，家家送粥给亲友，东一碗来，西一碗去，真是多此一举。剩下的粥，倒在大绿釉瓦盆里，自然凝冻，留到年底也不会坏。自从丧乱，年年过腊八，年年有粥喝，兴致未减，材料难求，因陋就简，虚应故事而已。

人生·浮生如梦

记得当时年纪小

我十岁的时候进高小，北京朝阳门内南小街新鲜胡同京师公立第三小学校。越是小时候的事情，越是记得清楚。前几年一位无名氏先生寄我一张第三小学的大门口的照片，完全是七十多年前的样子，一点也没变。我看了之后，不知是欢喜还是惆怅，总之是别有一番滋味在心头。我猜想到这位无名氏先生是谁，因为他是我的第三小学的同学，虽然先后差了好几十年。我曾写过一篇小文《我在小学》，收在《秋室杂忆》里，提到教我唱歌的时老师。现在再谈谈我小时候唱歌的情形。

我的启蒙的第一首歌是《春之花》。调子我还记得，还能哼得上来，歌词却记不得了。头两句好像是："春光明媚好花开，如诗如画如锦绣。"唱歌是每周一小时，总在下午，摇铃前两名工友抬进教室一架小小的风琴。当时觉得风琴是很奇妙的东西，老师用两脚踏着两块板子，鼓动风箱，两手按键盘，其声呜呜然，成为各种调子。《春之花》的调子很简单，记得只有六句，重叠反复，其实只有三句，但是很好听。老师扯着沙哑的嗓音，先唱一遍，然后他唱一句，全班跟着唱一句，然后再全首唱一遍，全班跟着全首唱一遍。唱过三五遍，摇铃下课了，校工忙着把风琴抬出去。这风琴是一宝，各班共用，学生们不准碰一下的。

唱歌这一堂课最轻松，课前不要准备，扯着喉咙吼就行。老师也不点名，也不打分数考试。唱歌和手工一课都是我们最欢迎的，而且老师都很和蔼。

有一首歌，调子我也记得，歌词记得几句，是这样开始的：

亚人应种亚洲田，
黄种应享黄海权，
青年，青年，
切莫同种自相残，
坐教欧美着先鞭！
不怕死，不爱钱，
丈夫决不受人怜。

这首歌声调比《春之花》雄壮，唱起来蛮有劲的，但是不大懂词的意义。是谁“同种相残”？这歌是日本人作的，还是中国人作的，用意何在？怎么又冒出“不怕死，不爱钱”的话？何谓“不受人怜”？老师不讲解，学生也不问，我一直糊涂至今。但是这首歌我忘不了。

还有所谓军歌，也是学生们喜欢学着唱的。当时有些军队驻扎在城里，东城根儿禄米仓就是一个兵营，一队队的兵常出来在大街小巷里快步慢步地走，一面走还一面唱。我是一放学就回家，不在街上打滚，所以很少遇到队伍唱歌，可是间接地也听熟了军歌的几个片段，如：

三国战将勇，
首推赵子龙，
长坂坡前逞英雄。
还有张翼德，
他奶奶的硬是凶，
哇啦哇啦吼两声，
吓退了百万兵。

歌词很粗浅，合于一般大兵的口味，也投小学生的喜爱，我常听同学们唱军歌，自己也不禁地有时哼两句。

我十四岁进清华中等科，一年级还有音乐，好像是一种课外活动。教师是一位美国人，Miss Seeley，丰姿绰约，是清华园里出色的人物。她教我们唱歌，首先是唱校歌，校歌是英文，也有中译，但是从来没有人用中文唱校歌。我不喜欢用英文唱校歌，所以至今我记不得怎样唱了。可是我小时嗓音好，调门高，经过测验就被选入幼年歌唱团，有一次还到城里青年会做过公开演唱会。同班的应尚能有音乐天才，唱低音，那天在青年会他涂黑了脸饰一黑人，载歌载舞，口里唱着——

It's nice to get up
Early in the morning,
But, it's nicer
to lie in bed.

满堂喝彩，掌声如雷，那盛况至今如在目前。我不久倒嗓喑哑不成声，遂对唱歌失去兴趣。有些同学喜欢星期日参加一些美国教师家里的查经班，于是 Onward Christian Soldiers，

Marching as to War……之类的歌声洋洋乎盈耳。“一百零一首名歌”在清华园里也不时地荡漾起来。这皆非我之所好。我乃渐渐地成为兰姆所谓“没有耳朵的人”。

抗战时期，我已近中年，中年人还唱什么歌？寓处附近有小学，小学生的歌声不时地传送过来。像“起来，不愿做奴隶的人们”那首进行曲，听的回数太多了，没人教也会唱。还有一首歌我常听小学生们唱，我的印象很深：

张老三，我问你：
你的家乡在哪里？
我的家，在山西，
过河还有二十里.
张老三，我问你：
种田还是做生意？

这样的一问一答，张老三终于供出他是布商，而且囤积了不少布匹，赢得不少暴利，于是这首歌的最后几句是：

一大批，一大批，

囤积在家里。

你是坏东西，

你真该枪毙！

这首歌大概对于囤积居奇的奸商以及一般人士发生不小的影响。

抗战时期也有与抗战无关的歌大为流行。例如，《教我如何不想她》虽说是模仿旧曲《四季相思》的意思，格调却是新的，抑扬顿挫，风靡一时。使我最难忘的是《记得当时年纪小》一首小歌，作者黄自是清华同学。我学唱这首歌是在一个温暖的季秋时节，在重庆南岸海棠山坡上，经朋友指点，反复唱了好几遍，事隔数十年，仍然萦绕在耳边。

上文发表后，引起几位读者兴趣，或来书指正，或予补充。

平群先生和刘济华先生分别告诉我《黄族应享黄海权》那首歌的全本是这样写的：

黄种应享黄海权，

亚人应种亚洲田.

青年，青年，

切莫同种自相残，
生教欧美着先鞭！
不怕死，不爱钱，
丈夫决不受人怜。
纵洪水滔天，
只手挽狂澜，
方不负石磐铁砚，
后哲先贤！

我还是不大懂，教儿童唱这样的歌是什么意思。有一位来信说此歌是“九·一八”以后日本人作的，我想恐怕不对，此歌流行甚早，“九·一八”是二十多年后的事。不过我也疑心到此歌作者用心不善。

小民女士来信补充了《三国战将勇》那首军歌的好几句，但是全文她也记不得了。

我最大的错误是关于《张老三》那首歌。杨沄先生来信说，《张老三》是抗战名曲《河边对口唱》，全文如下：

［对唱］张老三，我问你，你的家乡在哪里？

我的家，在山西，过河还有三百里。
我问你，在家里，种田还是做生意？
拿锄头，耕田地，种的高粱和玉米。
为什么，到此地，河边流浪受孤凄？
痛心事，莫提起，家破人亡无消息。
张老三，莫伤悲，我的命运不如你。
为什么，王老七，你的家乡在何地？
在东北，做生意，家乡八年无消息。
这该说，我和你，都是有家不能回。

［合唱］仇和恨，在心里，奔腾如同黄河水！
黄河边，定主意，咱们一同打回去！
为国家，当兵去，太行山上打游击！
从今后，我和你，一同打回老家去！

据杨先生说这歌曲是《黄河大合唱》中的一段，乃光未然（张光年）作词，冼星海作曲，于“民国二十八年”在延安完成，此曲在台湾为禁歌。显然的不是我文中所谓打击囤积的奸商的歌，我之所以有此错误，乃因这不是我童年唱过的歌，而是后来听孩子们常唱的，其歌唱的调子又好像和那打击奸商的歌有些相近，所以我就把两个歌联在一起了。

我的女儿文蔷来信告诉我，打击奸商的歌她是唱过的，其歌词大概是这样的——

你，你，你，你这个坏东西，
市面上日常用品不够用，
你一大批，一大批，囤积在家里！
只为你，发财肥自己，
别人的痛苦你全不理，
你这坏东西，你这坏东西，
真是该枪毙！
嗨！你这坏东西！
嗨！你真该枪毙！

一九八六年十二月十八日补记

七六年四月四日《中华日报·副刊》王令娴女士一篇文章也提到《你这个坏东西》这首歌，记得更完全，如下：

你、你、你、
你这个坏东西！
市面上日常用品不够用哟，
你一大批，一大批，
囤积在家里。
只管你发财，肥了自己，
别人的痛苦，你是全不理。
坏东西，坏东西，
囤积居奇，捣乱金融，破坏抗战。
都是你！
你的罪名和汉奸一样的。
别人在抗战里，
出钱又出力唷！
只有你，整天地在钱上打主意。
想一想，你自己，
是要钱做什么呢！
到头来你一个钱也带不进棺材里。
你这个坏东西！

童年生活

我的童年生活，只模糊地记得一些事。

北平有一童谣：

小小子儿，
坐门墩儿，
哭哭啼啼地想媳妇儿。
娶了媳妇儿干什么呀？
点灯，说话儿；
吹灯，做伴儿；
早晨起来梳小辫儿。

梳小辫儿是一天中第一件大事。我是在民国元年才把小辫儿剪了去的。那时候我的辫子已有一尺多长，睡一夜觉，辫子往往就松散了，辫子不梳好是不准出屋门的。所以早起急于梳辫子，而母亲忙，匆匆地给我梳，揪得头皮疼。我非常厌恶这根猪尾巴。父亲读《扬州十日记》《大义觉迷录》之类的书，常把满军入关之后“留头不留发，留发不留头”的事讲给我们听，我们对于辫子益发没有好感。革命后把辫子一刀两断，十分快意。那时候北平的新式理发馆只有东总布胡同西口路北一处，座椅两张。我第一次到那里剪发，连揪带剪，相当痛，而且头发渣顺着脖子掉下去。

民国以前，我的家是纯粹旧式的。孩子不是一家之主，是受气包儿。家规很严。门房、下房，根本不许孩子涉足其间。爷爷奶奶住的上房，无事也不准进去，父亲的书房也是禁地，佛堂更不用说。所以孩子们活动的空间有限。室内游戏以在炕上攀登被窝垛为主，再不就是用窗帘布挂在几张桌前做成小屋状，钻进去坐着，彼此做客互访为乐。玩具是有的，不外乎“打糖锣儿的”担子上买来的泥巴制的小蜡签儿之类，从隆福寺买来的小“空竹”[①]算是上品了。

① 空竹：汉族民间传统玩具。典型的空竹有单轮和双轮之分，双轮的空竹形如腰鼓，以竹或木制成，两头为两只扁平状的圆轮，轮内空心，轮上挖有四五个小孔，孔内放置竹笛，两轮间有轴相连；单轮的空竹则形如陀螺，一侧有轮。因其轮内空心而有竹笛，故名“空竹”。

我记得儿时的服装，最简单不过。夏天似乎永远是一身竹布裤褂，白布是禁忌。冬天自然是大棉袄小棉袄，穿得滚圆臃肿。鞋子袜子都是自家做的，自古以来不就是以“青鞋布袜”作为高人雅士的标识吗？我们在童年时就有了那样的打扮。进了清华之后，才斗胆自主写信到天津邮购了一双白帆布鞋，才买了洋袜子穿。暑假把一双手工做的布袜子原样带回家，被母亲发现，才停止了布袜的供应。布鞋、毛窝，一直在脚上穿着，皮鞋是很久以后的事了。

小孩子哪有不馋的？早晨烧饼油条或是三角馒头，然后一顿面一顿饭，三餐无缺，要想吃零食不大容易。门口零食小贩是不许照顾的，有时候偷着吃“果子干”“玻璃粉”或是买串糖葫芦，被发现便不免要挨骂。所以我出去到大鹁鸽市进陶氏学堂的时候，看见卖浆米藕的小贩，驻足而观，几乎馋死，豁出两天不吃烧饼油条积了两个铜板才得买了一小碟吃。我的一个弟弟想吃肉，有一天情不自已地问出一句使母亲心酸的话：“妈，小炸丸子卖多少钱一碟？”

革命以后，情况不同了。我的家庭也起了革命。我们可以穿白布衫裤，可以随时在院子里拍皮球、放风筝、耍金箍棒，可以逛隆福寺吃“驴打滚儿”“艾窝窝”。父亲也带我们挤厂甸，念字号儿，描红模子，读商务出版的“人手足刀尺，一人二手，开门见山，山高月小，水落石出……”，这一套启蒙教育，都是在炕桌上，在母亲的笤帚疙瘩的威吓下，顺利进行的。我们没受过体罚。我比较顽皮淘气，可是也没挨过打。我爱发问，我读过“一老人，入市中，买鱼两尾，步行回家”之后，曾经发问：“为什么买鱼两尾就不许他回家？”

父亲给我们订了一份商务的《儿童画报》，卷末有一栏绘一空白轮廓，要小读者运用想象力在其中填画一件彩色的实物。寄了去如果中选则有奖。我得了好几次奖，大概我是属于“小时了了”[①]那一类型。上房后炕的炕案上有一箱装订成册的《吴友如画宝》，虽然说明文字未必能看得懂，画中大意往往能体会到一大部分，帮助我了解社会人生不浅。性的知识，我便是在八九岁时从吴友如的几期画报中领悟到的。

这就是我童年生活的大概。

① 小时了了：“小时了了，大未必佳”。出自《世说新语·言语第二》。“了了”的意思是明白，聪明。指不能因为少年时聪明而断定他日后定有作为，不能只看到事物或人的表面现象。

我的暑假是怎样过的

儿时英文作文教师喜欢出的作文题目之一，便是“我的暑假是怎样过的”。记得当时抓耳挠腮，搜索枯肠，窘困万状，但仍不能不凑出几百字塞责交卷。小孩子的暑假还有什么新鲜的过法？总不外吃喝玩乐。要撰文记述，自不免觉得枯涩乏味。现在我年近五十，仍操粉笔生涯，躬逢抗战胜利，又遇戡乱建国，今年暑假是怎样过去的，颇觉得有一点迷迷糊糊。眼看着就要开学，于是自动地给自己出下这样一个题目，择记几件小事，都平凡琐屑无比，并不惊人，总算给我的暑假做一结束。

暑假伊始，我本来是立有大志的，其规模虽然比不上什么三年计划五年计划之类，却也条举目张，要克期计功。现在加以清算，我的暑假作业怕是不能及格了。

推其原因，当然照例是“环境不良，心绪恶劣”八个字。其实环境也不算太不良，虽然每天清晨飞机一群擦着房檐过去，有时郊外隐闻炮声，还有时要在街头打死几个学生颁布戒严令，但是究竟从来没有炮弹碎片落在自己头上，这环境也可以算得是很安谧了。心绪确是近于恶劣，但也是自找，既无疾病缠绵，亦无断炊情事，如果稍微相信一点唯物论，大可以思想前进，绝无苦闷。可惜的是，自己隐隐然还有一颗心，外界的波澜不能不掀动内心的荡漾，极小的一件事也可以使人终日寡欢，所以工作成绩也就微小得不值一提了。

一放暑假，一群孩子背着铺盖卷回家，这是一厄！一家团聚，应该是一种享受天伦之乐的机会，但是凭空忽来壮丁就食，家庭收支立刻发现赤字，难以弥补。而赡养义务又是义不容辞的。这是颇费周章的一件事。可恨的是，孩子们既无杨朱①的技能，又无颜回②的操守，粗茶淡饭之后，一个个地唉声叹气，嚷着“嘴里要淡出鸟儿来”！在我这一方面，生活也大受干扰，好像是有一群流亡学生侵入住宅，吃起东西来像一队蝗虫，谈天说笑像是一塘青蛙，出出进进，熙熙攘攘，清早起来

① 杨朱：杨朱（约前 395—约前 335），字子居，魏国（一说秦国）人，中国战国初期伟大的思想家、哲学家。

② 颜回：颜回（前 521 年—前 481 年）尊称颜子，字子渊，春秋末期鲁国人。十四岁拜孔子为师，终生师事之，是孔子最得意的门生。孔子对颜回称赞最多，赞其好学、仁人。历代文人学士对颜回推尊有加，以颜回配享孔子、祀以太牢，历代帝王封赠有加。为孔门七十二贤之首，尊称复圣。颜回安贫乐道，甘于粗茶淡饭。

马桶永远有人占着座儿，衣服袜子书籍纸笔狼藉满屋好像是才遭洗劫，一张报纸揉得稀烂，彼此之间有时还要制造摩擦。饶这样，还不敢盼着暑假早日结束，暑假一终止，另一灾难到来，学杂膳宿，共二十七袋面！

还有一桩年年暑期里逃不脱的罪过。学校要招生。招生要监考，监考也不要紧，顶多是考生打翻墨水壶的时候你站远点，免得溅一腿，考生问“抄题不抄题”的时候使你恶心一下。考完要看卷子，看卷子也不要紧，捏着鼻子看，总有看完的一天，离奇的答案有时使人笑得肚子疼，离奇的试题有时使人不好意思笑出声来，都还有趣。最伤脑筋的是，招生之际总有几位亲友手提着两罐茶叶一筐水果登门拜访，扭扭捏捏地说孩子要考您那个大学您那个系，求您多多关照。好像那个学房铺是我开的似的！如果我开诚布公地对他说，我实在心有余而力不足，题目不是一个人出，卷子不是一个人看，其间还有弥封暗码，最后还要开会公决，要想舞一点弊是几乎不可能的，这套话算是白说，他死也不信。“大家都是中国人，打什么官腔？”“你这是推托，干脆说不管好了，不够朋友！”“帮人一步忙，就怕树叶儿打了脑袋？”再说就更不好听了，“谁没有儿女？谁也保不住不求人。这点小事都不肯为力，‘房顶开门，六亲不认’！”如果我答应下来，榜发之时十九是名落孙山，没脸见人。这样的苦头我年年都要吃，一年一度，牢不可破，能推的推了，不能推的昧着良心答应下来，反正结果是得罪人。今年得高人指点，应付较为得宜。接受请托之际，还他一个模棱答案：“您老的事我还能不尽力！您真是太见外了。不过有一句话得说在前头。令郎的成绩若是差个一星半点的，十分八分的，兄弟有个小面子，这事算包在我身上了，准保能给取上，不过，若是差得太多，公事上可交代不下去，莫怪我力不从心。”对方听了觉得入情入理，一定满意。之后，对方还照例要来一封八行书，几回电话，一再叮咛，这都不慌。等到快发榜的前夕，可要把握时机，少不得要到学校里钻营一番，如果确知考取了，赶快在榜发之前至少十分钟打一电话给他老人家：“恭喜！令郎的成绩好，倒不是小弟的力量……”他一定认为是你的力量。他相信人情，面子。如果没有考取，不怕，也在发榜之前十分钟打一电话，虽然是噩耗，而能在发榜之前就得到消息，这人情是托到家了。事后再赶快抄一张他这位世兄的成绩表：“英文零分，数学两分，国文十五分……实在没有办法，抱歉之至！”这办法不得罪人。

还有更难应付的问题，一到暑假，正是“毕业即失业”

的季候，年轻小伙子总觉得教书的先生许有点办法，于是前来登门拜谒，请求介绍职业。其实教书的先生正是因为在人事上毫无办法，所以才来教书，否则早就学优而仕①了。所以每有学生一手持履历片，一手拿点什么小小的礼物之类，我一见便伤心不只从一处来，一面痛恨自己的不中用，一面惋惜来者之找错了人。

长夏无俚，难道没有一点赏心乐事？当然也有。晚饭后，瓜棚豆架（确切地说，今年我家瓜无棚豆无架，全是就地擦的），泡上一大壶酽茶，一家人分据几把破藤椅，乘凉闲话，直聊到星稀斗横风轻露重，然后贸贸然踱到屋里倒头便睡——这是一天里最快活的一段时间。白天就没有这样清闲，多少鸡毛蒜皮的琐碎事，多少语言无味面目可憎的人，把你的时间切得寸断，把你的心戳成马蜂窝！你休想安心，休想放心，休想专心，更休想开心！

有人主张暑假里到一个风景优美的地方去避暑，什么北戴河、青岛，都是好地方，至不济到郊外山上租几间屋子，也可暂避尘嚣。这种主张当然是非常正确，谁也不预备反驳。北

① 学优则仕：即“学而优则仕”。优，通“悠”，意为有余力。这句话的意思是，学习之余还有余力或者闲暇，就去做官（进一步推行仁义）。该句出自《论语·子张》。

戴河、青岛如今都不景气，而且离前线也太近，殊非养生之道，远不及莫干山、庐山。我今年避暑的所在，和几十年来的一样，是在红尘万丈火伞高张的城里，风景差一点，可是也并未中暑。

我的暑假就这样地过去了，好歹把孩子们打发上学了，明年的暑假能不能这样平安度过，谁知道？

疲马恋旧秣，羁禽思故栖

“疲马恋旧秣[①]，羁禽思故栖”是孟郊的句子，人与疲马羁禽无异，高飞远走，疲于津梁，不免怀念自己的旧家园。

我的老家在北平，是距今一百几十年前由我祖父所置的一所房子。坐落在东城相当热闹的地区，出胡同东口往北是东四牌楼，出胡同西口是南小街子。东四牌楼是四条大街的交叉口，所以商店林立，市容要比西城的西四牌楼繁盛得多。牌楼根儿底下靠右边有一家干果子铺，是我家投资开设的，领东的掌柜的姓任，山西人，父亲常在晚间带着我们几个孩子溜达着到那里小憩，掌柜的经常飨我们以汽水，用玻璃球做塞子的那种小瓶汽水，仰着脖子对着瓶口汩汩而饮之，还有从蜜饯缸里抓出来的蜜饯桃脯的一条条的皮子，当时我认为那是一大享受。南小街子可是又脏又臭又泥泞的一条路，我小时候每天必

① 秣：牲口的饲料。此处代指为盛有饲料的马槽。

须走一段南小街去上学，时常在羊肉床子看宰羊，在切面铺买“干蹦儿”①或糖火烧吃。胡同东口外斜对面就是灯市口，是较宽敞的一条街，在那里有当时唯一可以买到英文教科书《汉英初阶》及墨水钢笔的汉英图书馆，以后又添了一家郭纪云②，路南还有一家小有名气的专卖卤虾、小菜、臭豆腐的店。往南走约十五分钟进金鱼胡同便是东安市场了。

我的家是一所不大不小的房子。地基比街道高得多，门前有四层石台阶，情形很突出，人称“高台阶”。原来门前还有左右分列的上马石凳，因妨碍交通而拆除了。门不大，黑漆红心，浮刻黑字“忠厚传家久，诗书继世长”，门框旁边木牌刻着“积善堂梁”四个字，那时人家常有堂号，例如三槐堂卫、百忍堂张等等，积善堂梁出自何典我不知道。积善之家必有余庆，语见《易经》，总是勉人为善的好话，作为我们的堂号亦颇不恶。打开大门，里面是一间门洞，左右分列两条懒凳，从前大门在白昼是永远敞着的，谁都可以进来歇歇脚。一九一一年兵变之后才把大门关上，进了大门迎面是两块金砖镂刻的“戬榖”两个大字，戬榖一语出自《诗经》“俾尔戬榖”，戬

① 干蹦儿：其实就是把前一天没卖完的螺蛳转儿烧饼用微火烤干水分，第二天再卖，就叫“干蹦儿”，具有蹦、焦、酥、脆的口感。

② 郭纪云：一家图书馆，应由时人郭纪云主办。

是福，毂是禄，取其吉祥之义。前面放着一大缸水葱(正名为莞，音冠)，除了水冷成冰的时候总是绿油油的，长得非常旺盛。

向左转进四扇屏门，是前院，坐北朝南三间正房，中间一间辟为过厅，左右两间一为书房一为佛堂。辛亥革命前两年，我的祖父去世，佛堂取消，因为我父亲一向不喜求神拜佛，这间房子成了我的卧室，那间书房属于我的父亲，他镇日价在里面摩挲他的那些有关金石小学[①]的书籍，前院的南边是临街的一排房，作为佣人的居室。前院的西边又是四扇屏门，里面是西跨院，两间北房由塾师居住，两间南房堆置书籍，后来改成了我的书房，小跨院种了四棵紫丁香，高逾墙外，春暖花开时满院芬芳。

走进过厅，出去又是一个院子，迎面是一个垂花门，门旁有四大盆石榴树，花开似火，结实大而且多，院里又有几棵梨树，后来砍伐改种四棵西府海棠，院子东头是厨房，绕过去一个月亮门通往东院，有一棵高庄柿子树，一棵黑枣树，年年收获累累，此外还有紫荆、榆叶梅等等，我记得这个东院主要用途是摇煤球，年年秋后就要张罗摇煤球，要敷一冬天的使用。煤黑子[②]把煤渣与黄土和在一起，加水，和成稀泥，平铺在地面，

① 金石小学：金石学是指中国古代传统文化中的一类考古学，其主要研究对象为前朝的铜器和碑石，特别是其上的文字铭刻及拓片。小学：古代把研究文字训诂音韵方面的学问叫小学。

② 煤黑子：旧时对煤炭工人的蔑称。

用铲子剁成小方粒，放在大簸箩里像滚元宵似的滚成圆球，然后摊在地上晒，这份手艺真不简单，我儿时常在一旁参观十分欣赏，如遇天雨，还要急速动员抢救，否则化为一汪黑水全被冲走了。在那厨房里我是不受欢迎的，厨师嫌我们碍手碍脚，拉面的时候总是塞给我一团面叫我走得远远的，我就玩那一团面，直玩到那团面像是一颗煤球为止。

进了垂花门便是内院，院当中是一个大鱼缸，一度养着金鱼，缸中还矗立着一座小型假山，山上有桥梁房舍之类，后来不知怎么水也涸了，假山也不见了，干脆作为堆置煤灰煤渣之处，一个鱼缸也有它的沧桑！东西厢房到夏天晒得厉害，虽有前廊也无济于事，幸有宽幅一丈以上的帐篷三块每天及时支起，略可遮抗骄阳。祖父逝后，内院建筑了固定的铅铁棚，棚中心设置了两扇活动的天窗，至是“天棚鱼缸石榴树……”[①]乃初具规模，民元之际，家里的环境突然维新，一日之内小辫子剪掉了好几根，而且装上了庞然巨物钉在墙上的“德律风”[②]，号码是六八六，照明的工具原来都是油灯、猪蜡，只有我父亲看书时才能点白光熠熠的僧帽牌的洋蜡，煤油灯认为危险，一

① 自清代起，北京就流传一句俗语：“天棚鱼缸石榴树，先生肥狗胖丫头。”是旧时京城小康人家生活的生动写照。

② 德律风：即电话机，英语 telephone 的音译。

向抵制不用，至是里里外外装上了电灯，大放光明，还有两架电扇，西门子制造的，经常不准孩子们走近五尺距离以内，生怕削断了我们的手指。

内院上房三间，左右各有套间两间，祖父在的时候，他坐在炕上，隔着玻璃窗子外望，我们在院里跑都不敢跑，有一次我们几个孩子听见胡同里有“打糖锣儿的”的声音，一时忘形，蜂拥而出，祖父大吼：“跑什么？留神门牙！”打糖锣儿的乃是卖糖果的小贩，除了糖果之外兼卖廉价玩具。泥捏的小人，蜡烛台、小风筝、摔炮，花样很多，我母亲一律称之为“土筐货”。我们买了一些东西回来，祖父还坐在那里，唤我们进去。上房是我们非经呼唤不能进去的，而且是一经呼唤便非进去不可的。我们战战兢兢地鱼贯而入，他指着我问：“你手里拿着什么？”我说：“糖。”“什么糖？”我递出了手指粗细的两根，一支黑的，一支白的。我解释说：“这黑的，我们取名为狗屎撅；这白的为猫屎橛。”实则那黑的是杏干做的，白的是柿霜糖，祖父笑着接过去，一支咬一口尝尝，连说：“不错，不错。”他要我们下次买的时候也给他买两支，我们奉了圣旨，下次听到糖锣儿一响，一拥而出，站在院子里大叫：“爷爷，你吃猫屎橛，还是吃狗屎橛？”爷爷会立即搭腔：“我吃猫屎橛！”这是我所记得的与祖父建立密切关系的开始。

父母带着我们孩子往西厢房，我同胞一共十一个，我记事的时候已经有四个，姊妹兄弟四个孩子睡一个大炕，好热闹，尤其是到了冬天，白天玩不够，夜晚钻进被窝齐头睡在炕上还是吱吱喳喳笑语不休，母亲走过来巡视，把每个孩子脖颈子后面的棉被塞紧，使不透风，我感觉异常的舒适温暖，便怡然入睡了。我活到如今，夜晚睡时脖颈子后面透凉气，便想到母亲当年那一份爱抚的可贵。母亲打发我们睡后还有她的工作，她需要去伺候公婆的茶水点心，直到午夜，她要黎明即起，张罗我们梳洗，她很少睡觉的时间。可是等到“多年的媳妇熬成婆”，这情形又周而复始，于是女性惨矣！

大家庭的膳食是有严格规律的，祖父母吃小锅饭，父母和孩子吃普通饭，男女仆人吃大锅饭，只有吃煮饽饽吃热汤面是例外。我们北方人，饭桌上没有鱼虾，烩虾仁、熘鱼片是馆子里的菜，只有春夏之交黄鱼、大头鱼相继进入旺季，全家才能大快朵颐，每人可以分到一整尾。秋风起，要吃一两回铛爆羊肉，牛肉是永远不进家门的，院子里升起一大红泥火炉的熊熊炭火，有时也用柴，噼噼啪啪的响，铛上肉香四溢，颇为别致。秋高蟹肥，当然也少不了几回持螯把酒，平时吃的饭是标准的家常饭，到了特别的吉庆之日，看祖父母的高兴，说不定就有整只烤猪或是烧鸭之类的犒劳。祖父母的小锅饭也没有什么了不起，也不过是爆羊肉、烧茄子、焖扁豆之类，不过是细切细做而已。我记得祖父母进膳时，有时看到我们在院里拍皮球便喊我们进去，叫我们张开嘴巴，用筷子夹起半肥半瘦的羊肉片往嘴里塞，我们实在不欣赏肥肉，闭着嘴跑到外面就吐出来，祖父有时候吃得高兴，便叫“跑上房的”小厮把厨子唤来，隔着窗子对他说：“你今天的爆羊肉做得好，赏钱两吊！”厨子在院中慌忙屈腿请安，连声谢谢，我觉得很好笑。我祖母天天要吃燕窝，夜晚由老张妈带上老花眼镜坐在门旮旯儿弓着腰驼着背摘燕窝上的细茸毛，好可怜，一清早放在一个薄铫儿里在小炉子上煨。官燕木盒子是我们的，黑漆金饰，很好玩。

我母亲从来不下厨房，可是经我父亲特烦，并且亲自买回鱼鲜笋蕈之类，母亲亲操刀砧，做出来的菜硬是不同。我十四岁进了清华学校，每星期只准回家一次，除去途中往返，在家只有一顿午饭从容的时间，母亲怜爱我，总是亲自给我特备一道菜，她知道我爱吃什么，时常是一大盘肉丝韭黄加冬笋木耳丝，临起锅加一大勺花雕酒——菜的香，母的爱，现在回忆起来不禁涎欲滴而泪欲垂！

我生在西厢房，长在西厢房，回忆儿时生活大半在西厢房的那个大炕上。炕上有个被窝垛，由被褥堆垛起来的，十床八床被褥可以堆得很高，我们爬上爬下以为戏，直到把被窝垛压到连人带被一齐滚落下来然后已。炕上有个炕桌，那是我们启蒙时写读的所在。我同哥姐四个人，盘腿落脚地坐在炕上，或是把腿伸到桌底下，夜晚靠一盏油灯，三根灯草，描红模子，写大字，或是朗诵“一老人，入市中，买鱼两尾，步行回家”。我会满怀疑虑地问父亲：“为什么他买鱼两尾就不许他回家？”惹得一家大笑。有一回我们围着炕桌夜读，我两腿清酸，一时忘形把膝头一拱，哗啦啦一声炕桌滑落地上，油灯墨盒泼洒得一塌糊涂。母亲有时督促我们用功，不准我们淘气，手里握着笤帚疙瘩或是掸子把儿，作威吓状，可是从来没有实行过体罚。这西厢房就是我的窝，夙兴夜寐，没有一个地方比这个窝更为舒适。虽然前面有廊檐而后面无窗，上支下摘的旧式房屋就是这样的通风欠佳。我从小就是喜欢早起早睡，祖父生日有时叫一台“托偶戏”[①]在院中上演，有时候是滦州影戏[②]，

① 托偶戏：即傀儡戏、布袋木偶戏。演员操纵木偶来表演。

② 滦州影戏：一种古老的传统民间艺术形式。起源于河北滦州，故又称滦州皮影或乐亭皮影及冀东皮影，因位于河北省唐山市，又名河北皮影、唐山皮影，是中国皮影戏三大流派（陕西皮影、潮州皮影、北方皮影）中北方皮影的代表之一。

唱的无非是什么《盘丝洞》《走鼓沾棉》《三娘教子》《武家坡》之类，大锣大鼓，尖声细嗓，我吃不消，我依然是按时回房睡觉，大家目我为落落寡合的怪物。可是影戏里有一个角色我至今不忘，那就是每出戏完毕之后上来叩谢赏钱的那个小丑，满身袍褂靴帽而脑后翘着一根小辫，跪下来磕三个响头，有人用惊堂木配合着用力敲三下，砰砰砰，清脆可听，我所以对这个角色发生兴趣，是因为他滑稽，同时代表那种只为贪图一吊两吊的小利就不惜卑躬屈节向人磕头的奴才相。这种奴才相在人间世里到处皆是。

小时过年固然热闹，快意之事也不太多。除夕满院子洒上芝麻秸，踩上去咯吱咯吱响，一乐也；宫灯、纱灯、牛角灯全部出笼，而孩子们也奉准每人提一只纸糊的“气死风”，二乐也；大开赌戒，可以掷状元红，呼卢喝雉，难得放肆，三乐也。但是在另一方面，年菜年年如是，大量制造，等于是天天吃剩菜，几顿煮饽饽吃得人倒尽胃口。杂拌儿嘛，不管粗细，都少不了尘埃细沙杂拌其间，吃到嘴里牙碜。撤供下来的蜜供也是罩上了薄薄一层香灰。压岁钱则一律塞进“扑满”[①]，永远没满过，也永远没扑过，后来不知到哪里去了。天寒地冻，

① 扑满：我国古代人民储钱的一种盛具，类似于现代人使用的储蓄罐。

无处可玩，街上店铺家家闭户，里面不成腔调的锣鼓点儿此起彼落。厂甸儿能挤死人，为了“喝豆汁儿，就咸菜儿，琉璃喇叭大沙雁儿”，真犯不着，过年最使人窝心的事莫过于挨门去给长辈拜年，其中颇有些位只是年龄比我长些，最可恼的是有时候主人并不挡驾而教你进入厅堂朝上磕头，从门帘后面蓦地钻出一个不三不四的老妈妈，“哟，瞧这家的哥儿长得可出息啦！”辛亥革命以后我们家里不再有这些繁文缛节。

还有一个后院，四四方方的，相当宽绰。正中央有一棵两人合抱的大榆树。后边有榆（余）取其吉利。凡事要留有余，不可尽，是我们民族特性之一。这棵榆树不但高大而且枝干繁茂，其圆如盖，遮满了整个院子。但是不可以坐在下面乘凉，因为上面有无数的红毛绿毛的毛虫，不时地落下来，咕咕囔囔的惹人嫌。榆树下面有一个葡萄架，近根处埋一两只死猫，年年葡萄丰收，长长的马乳葡萄。此外靠边还有香椿一、花椒一、嘎嘎儿枣一。每逢春暮，榆树开花结荚，名为榆钱。榆荚纷纷落下时，谓之“榆荚雨”（见《荆楚岁时记》）。施肩吾《戏咏榆荚诗》：“风吹榆钱落如雨，绕林绕屋来不住。”我们北方人生活清苦，遇到榆荚成雨时就要吃一顿榆钱糕。名为糕，实则捡榆钱洗净，和以小米面或棒子面，上锅蒸熟，舀取碗内，加酱油醋麻油及切成段的葱白葱叶而食之。我家每做榆钱糕成，全家上下聚在院里，站在阶前分而食之，比《帝京景物略》所说“四月榆初钱，面和糖蒸食之”，还要简省。仆人吃过一碗两碗之后，照例要请安道谢而退。我的大哥有一次不知怎的心血来潮，吃完之后也走到祖母跟前，屈下一条腿深深请了个安，并且说了一声“谢谢您！”祖母勃然大怒，“好哇！你把我当做什么人……”气得几乎晕厥过去。父亲迫于形势，只好使用家法了。从墙上取下一根藤马鞭，高高举起，轻轻落下，一五一十地打在我哥哥的屁股上，我本想跟进请安道谢，幸而免，吓得半死，从此我见了榆钱就恶心，对于无理的专制与压迫在幼小时就有了认识。后院东边有个小院，北房三间，南房一间，其间有一口井。井水是苦的，只可汲来洗衣洗菜，但是另有妙用，夏季把西瓜系下去，隔夜取出，透心凉。

想起这栋旧家宅，顺便想起若干儿时事。如今隔了半个多世纪，房子一定是面目全非了，其实人也不复是当年的模样，纵使我能回去，探视旧居，恐怕我将认不得房子，而房子恐怕也认不得我了。

北平的冬天

说起冬天，不寒而栗。

我是在北平长大的。北平冬天好冷。过中秋不久，家里就忙着过冬的准备，做“冬防”。阴历十月初一屋里就要生火，煤球、硬煤、柴火都要早早打点。摇煤球是一件大事，一串骆驼驮着一袋袋的煤末子到家门口，煤黑子把煤末子背进门，倒在东院里，堆成好高的一大堆。然后等着大晴天，三五个煤黑子带着筛子、耙子、铲子、两爪钩子就来了，头上包块布，腰间褡布上插一根短粗的旱烟袋。煤黑子摇煤球的那一套手艺真不含糊。煤末子摊在地上，中间做个坑，好倒水，再加预先备好的黄土，两个大汉就搅拌起来。搅拌好了就把烂泥一般的煤末子平铺在空地上，做成一大块蛋糕似的，用铲子拍得平平的、光溜溜的，约一丈见方。这时节煤黑子已经满身大汗，脸上一条条黑汗水淌了下来，该坐下休息抽烟了。休息毕，煤末子稍稍干凝，便用铲子在上面横切竖切，切成小方块，像厨师切菜切萝卜一般手法伶俐。然后坐下来，地上倒扣一个小花盆，把筛子放在花盆上，另一人把切成方块的煤末子铲进筛子，便开始摇了，就像摇元宵一样，慢慢地把方块摇成煤球，然后摊在地上晒。一筛一筛地摇，一筛一筛地晒。好辛苦的工作，孩子在一边看，觉得好有趣。

万一天色变，雨欲来，煤黑子还得赶来收拾，归拢归拢，盖上点什么，否则煤被雨水冲走，前功尽弃了。这一切他都乐为之，多开发一点酒钱便可。等到完全晒干，他还要再来收煤，才算完满，明年再见。

煤黑子实在很苦，好像大家并不寄予多少同情。从日出做到日落，疲乏的回家途中，遇见几个顽皮的野孩子，还不免听到孩子们唱着歌谣嘲笑他：

煤黑子，
打算盘，
你妈洗脚我看见！

我那时候年纪小，好久好久都没有能明白为什么洗脚不可以令人看见。

煤球儿是为厨房大灶和各处小白炉子用的，就是再穷苦不过的人家也不能不预先储备。有“洋炉子”的人家当然要储备的还有大块的红煤白煤，那也是要砸碎了才能用，也需一番劳力的。南方来的朋友们看到北平家家户户忙“冬防”，觉得奇怪，他不知道北平冬天的厉害。

一夜北风寒，大雪纷纷落，那景致有得瞧的。但是有几个人能有谢道韫[①]女士那样从容吟雪的福分。所有的人都被那砭人肌肤的朔风吹得缩头缩脑，各自忙着做各自的事。我小时候上学，背的书包倒不太重，只是要带墨盒很伤脑筋，必须平平稳稳地拿着，否则墨汁要洒漏出来，不堪设想。有几天还要带写英文字的蓝墨水瓶，更加恼人了。如果伸手提携墨盒墨水瓶，手会冻僵。手套没有用。我大姊给我用绒绳织了两个网子，一装墨盒，一装墨水瓶，同时给我做了一副棉手筒，两手伸进筒内，提着从一个小孔塞进的网绳，于是两手不暴露在外而可提携墨盒墨水瓶了。饶是如此，手指关节还是冻得红肿，作奇痒。脚后跟生冻疮更是稀松平常的事。临睡时母亲为我们备热水烫

① 谢道韫（生卒年不详）：字令姜，东晋时女诗人，是宰相谢安的侄女，安西将军谢奕的女儿，也是著名书法家王羲之次子王凝之的妻子。有咏雪名句“未若柳絮因风起”。

脚，然后钻进被窝，这才觉得一日之中尚有温暖存在。

北平的冬景不好看么？那倒也不。大清早，榆树顶的干枝上经常落着几只乌鸦，呱呱的叫个不停，好一幅古木寒鸦图！但是远不及西安城里的乌鸦多。北平喜鹊好像不少，在屋檐房脊上吱吱喳喳的叫，翘着的尾巴倒是很好看的，有人说它是来报喜，我不知喜自何来。麻雀很多，可是竖起羽毛像披蓑衣一般，在地面上蹦蹦跳跳地觅食，一副可怜相。不知什么人放鸽子，一队鸽子划空而过，盘旋又盘旋，白羽衬青天，哨子忽忽响。又不知是哪一家放风筝，沙雁蝴蝶龙睛鱼，弦弓上还带着锣鼓。隆冬之中也还点缀着一些情趣。

过新年是冬天生活的高潮。家家贴春联、放鞭炮、煮饺子、接财神。其实是孩子们狂欢的季节，换新衣裳、磕头、逛厂甸儿，流着鼻涕举着琉璃喇叭大沙雁儿。五六尺长的大糖葫芦糖稀上沾着一层尘沙。北平的尘沙来头大，是从蒙古戈壁大沙漠刮来的，来时真是胡尘涨宇①，八表同昏②。脖领里、鼻孔里、牙缝里，无往不是沙尘，这才是真正的北平冬天的标志。愚夫愚妇们忙着逛财神庙、白云观去会神仙，甚至赶妙峰山进头炷香，事实

① 胡尘涨宇：胡尘，胡地的尘沙。“胡尘涨宇”说明来自蒙古戈壁沙漠来的沙尘漫天席卷，气势汹汹。

② 八表同昏：出自陶渊明诗歌《停云》。意为“四面八方同时都变得昏暗起来”。

上无非是在泥泞沙尘中打滚而已。

在北平，裘马轻狂的人固然不少，但是极大多数的人到了冬天都是穿着粗笨臃肿的大棉袍、棉裤、棉袄、棉袍、棉背心、棉套裤、棉风帽、棉毛窝、棉手套。穿丝棉的是例外。至若拉洋车的、挑水的、掏粪的、换洋取灯儿①的、换肥子儿②的、抓空儿的③、打鼓儿的……哪一个不是衣裳单薄，在寒风里打颤？在北平的冬天，一眼望出去，几乎到处是萧瑟贫寒的景象，无须走向粥厂门前才能体会到什么叫作饥寒交迫的境况。北平是大地方，从前是辇毂④所在，后来也是首善之区，但也是“朱门酒肉臭，路有冻死骨”的地方。

北平冷，其实有比北平更冷的地方。我在沈阳度过两个冬天。房屋双层玻璃窗，外层凝聚着冰雪，内层若是打开一个小孔，冷气就逼人而来。马路上一层冰一层雪，又一层冰一层雪，我有一次去赴宴，在路上连跌了两跤，大家认为那是寻常事。可是也不容易跌断腿，衣服穿得多。一位老友来看我，觌面⑤不相识，因为他的眉毛须发全都结了霜！街上看不到一个

① 洋取灯儿：指火柴，又名洋火儿。

② 肥子儿：皂荚的黑色核，把它用水泡开成黏液，妇女用来抿发，作用和今天的发油一样。

③ 抓空儿的：卖干瘪花生的人。

④ 辇（niǎn）毂（gǔ）：意为皇帝的车辆。代指皇帝，政权中心。

⑤ 觌（dí）面：意为当面，迎面，见面。

女人走路。路灯电线上踞着一排鸦雀之类的鸟，一声不响，缩着脖子发呆，冷得连叫的力气都没有。更北的地方如黑龙江，一定冷得更有可观。北平比较起来不算顶冷了。

冬天实在是很可怕。诗人说："冬天来到了，春天还会远么？"但愿如此。

双城记

这“双城记”与狄更斯的小说《二城故事》[①]无关。

我所谓的双城是指我们的台北与美国的西雅图。对这两个城市，我都有一点粗略的认识。在台北我住了三十多年，搬过六次家，从德惠街搬到辛亥路，吃过拜拜，挤过花朝，游过孔庙，逛过万华，究竟所知有限。高阶层的灯红酒绿，低阶层的褐衣蔬食，接触不多，平素交游活动的范围也很狭小，疏慵成性，画地为牢，中华路以西即甚少涉足。西雅图（简称西市）是美国西北部一大港口，若干年来我曾访问过不下十次，居留期间长则三两年，短则一两月，闭门家中坐的时候多，因为虽有胜情而无济胜之具[②]，即或驾言出游，也不过是浮光掠影。所

① 《二城故事》：即《双城记》。是英国作家查尔斯 · 狄更斯所著的一部以法国大革命为背景所写成的长篇历史小说，首次出版于1859年。书名中的“双城”指的是巴黎与伦敦。

② 出自南朝刘义庆《世说新语 · 栖逸》：“许掾好游山水，而体便登陟。时人云：‘许非徒有胜情，实有济胜之具。’”本文意为想要游玩山水，但却没有跋山涉水游览名胜的身体条件。

以我说我对这两个城市，只有一点粗略的认识。

我向不欲侈谈中西文化，更不敢妄加比较。只因所知不够宽广，不够深入。中国文化历史悠久，不是片言可以概括；西方文化也够博大精深，非一时一地的一鳞半爪所能代表。我现在所要谈的只是就两个城市，凭个人耳目所及，一些浅显的感受或观察。“贤者识其大，不贤者识其小”①，如是而已。

两个地方的气候不同。台北地处亚热带，又是一个盆地，环市皆山。我从楼头俯瞰，常见白茫茫的一片，好像有“气蒸云梦泽”的气势。到了黄梅天，衣服被褥总是湿漉漉的。夏季午后常有阵雨，来得骤，去得急，雷电交掣之后，雨过天晴。台风过境，则排山倒海，像是要耸散穹隆，应是台湾一景，台北也偶叨临幸。西市在美国西北隅海港内，其纬度相当于我国东北之哈尔滨与齐齐哈尔，赖有海洋暖流调剂，冬天虽亦雨雪霏霏而不至于酷寒，夏季则早晚特凉，夜眠需拥重毯。也有连绵的淫雨，但晴时天朗气清，长空万里。我曾见长虹横亘，作一百八十度，罩盖半边天。凌晨四时，暾②出东方，日薄崦嵫③

① 语出《论语》。大意为贤能的人了解事物的根本，不贤能的人了解事物的细节。

② 暾（tūn）：意为刚出的太阳。

③ 崦（yān）嵫（zī）：山名，在今甘肃省天山县西，古指太阳落下的地方。“日薄崦嵫”指太阳快要下山。

要在晚间九时以后。

我从台北来，着夏季衣裳，西市机场内有暖气，尚不觉有异，一出机场大门立刻觉得寒气逼人，家人乃急以厚重大衣加身。我深吸一口大气，沁入肺腑，有似冰心在玉壶。我回到台北去，一出有冷气的机场，熏风扑面，遍体生津，俨如落进一镬热粥糜。不过，人各有所好，不可一概而论。我认识一位生长台北而长居西市的朋友，据告非常想念台北，想念台北的一切，尤其是想念台北夏之湿黏燠热的天气！

西市的天气干爽，凭窗远眺，但见山是山，水是水，红的是花，绿的是叶，轮廓分明，纤微毕现，而且色泽鲜艳。我们台北路边也有树，重阳木、霸王椰、红棉树、白千层……都很壮观，不过树叶上蒙了一层灰尘，只有到了阳明山才能看见像打了蜡似的绿叶。

西市家家有烟囱，但是个个烟囱不冒烟。壁炉里烧着火光熊熊的大木橛，多半是假的，是电动的机关。晴时可以望见积雪皑皑的瑞尼尔山，好像是浮在半天中；北望喀斯开山脉若隐若现。台北则异于是。很少人家有烟囱，很多人家在房顶上、在院子里、在道路边烧纸、烧垃圾，东一把火西一股烟，大有“夜举烽，画燔燧”[①]之致。凭窗亦可看山，我天天看得见的是近在咫尺的蟾蜍山。近山绿，远山青。观音山则永远是淡淡的一抹花青[②]，大屯山则更常是云深不知处了。不过我们也不可忘记，圣海伦斯火山爆发，如果风向稍偏一点，西市也会变得灰头土脸！

对于一个爱花木的人来说，两城各有千秋。西市有著名的州花山杜鹃，繁花如簇，光艳照人，几乎没有一家庭园间不有几棵点缀。此外如茶花、玫瑰、辛夷、球茎海棠，也都茁壮可喜。此地花厂很多，规模大而品类繁。最难得的是台湾气候养不好的牡丹，此地偶可一见。友人马逢华伉俪精心培植了几株牡丹，黄色者尤为高雅，我今年来此稍迟，枝头仅余一朵，蒙剪下见贻，案头瓶供，五日而谢。严格讲，台北气候、土壤似不特宜莳花，但各地名花荟萃于是。如台北选举市花，窃谓杜鹃宜推魁首。这杜鹃不同于西市的山杜鹃，体态轻盈小巧，而又耐热耐干。台北艺兰之风甚盛，洋兰、蝴蝶兰、石斛兰都穷极娇艳，到处有之，唯花美叶美而又有淡淡幽香者为素心兰，此所以被人称为“君子之香”而又可以入画。水仙也是台北一绝，每逢新年，岁朝清供之中，凌波仙子为必不可少之一员。以视西市之所谓

① 夜举烽，画燔燧：举烽，意为点燃报警烽火。燔燧（fán suì），意为燃放告警的烟火。“夜举烽，画燔燧”描述了在夜里点燃烽烟烟火的景象。

② 花青：一种绘画的蓝色颜料。由纯净的靛蓝细粉与胶质调和而成。此处指蓝色。

水仙，路旁泽畔一大片一大片地临风招展，其情趣又大不相同。

夜不闭户，路不拾遗，乃想象中的大同世界，古今中外从来没有过一个地方真正实现过。人性本有善良一面、丑恶一面，故人群中欲其“不稂不莠”[①]，实不可能。大体上能保持法律与秩序，大多数人民能安居乐业，就算是治安良好，其形态、其程度在各地容有不同而已。

台北之治安良好是举世闻名的。我于三十几年之中，只轮到一次独行盗公然登堂入室，抢夺了一只手表和一把钞票，而且他于十二小时内落网，于十二日内伏诛。而且在我奉传指证人犯的时候，他还对我说了一声“对不起”。至于剪绺[②]扒窃之徒，则何处无之？我于三十几年中只失落了三支自来水笔，一次是在动物园看蛇吃鸡，一次是在公共汽车里，一次是在成都路行人道上。都怪自己不小心。此外家里蒙贼光顾若干次，一共只损失了两具大同电锅，也许是因为寒舍实在别无长物。“大搬家”的事常有所闻，大概是其中琳琅满目值得一搬。台北民房窗上多装铁栅，其状不雅，火警时难以逃生，久为中外人士所诟病。西市的屋窗皆不装铁栏，而且没有围墙，顶多设短栏栅

① 不稂不莠：意思是田中无野草。文中意应为无坏人、无坏事。

② 剪绺：指扒窃。古人常以丝带（即“绺”）系住钱袋等物，小偷行窃时先要剪断丝带，故有此称。

防狗。可是我在西市下榻之处，数年内即有三次昏夜中承蒙嬉皮之类的青年以啤酒瓶砸烂玻璃窗，报警后，警车于数分钟内到达，开一报案号码由事主收执，此后也就没有下文。衙门机关的大扇门窗照砸，私人家里的窗户算得什么！银行门口大型盆树也有人夤夜搬走。不过说来这都是癣疥之疾。明火抢银行才是大案子，西市也发生过几起，报纸上轻描淡写，大家也司空见惯，这是台北所没有的事。

台北市虎，目中无人，尤其是拼命三郎所骑的嘟嘟响冒青烟的机车，横冲直撞，见缝就钻，红砖道上也常如虎出柙。谁以为斑马线安全，谁可能吃眼前亏。有人说这里的交通秩序之乱甲于全球，我没有周游过世界，不敢妄言。西市的情形则确是两样，不晓得一般驾车的人为什么那样的服从成性，见了“停”字就停，也不管前面有无行人、车辆。时常行人过街，驾车的人停车向你点头挥手，只是没听见他说“您请！您请！”我也见过两车相撞，奇怪的是两方并未骂街，从容地交换姓名、住址及保险公司的行号，分别离去，不伤和气。也没有聚集一大堆人看热闹。可是谁也不能不承认，台北的计程车满街跑，呼之即来，方便之极。虽然这也要靠运气，可能司机先生蓬首垢面、跣足拖鞋，也可能嫌你路程太短而怨气冲天，也可能他的车座年久失修而坑洼不平，也可能他烟瘾大发而火星烟屑飞落到你的胸襟，也可能他看你可欺而把车开到荒郊野外掏出一把起子而对你用强……不过这是难得一遇的事。在台北坐计程车还算是安全的，比行人穿越马路要安全得多。西市计程车少，是因为私有汽车太多，物以稀为贵，所以清早要雇车到飞机场，需要前一晚就要洽约，而且车费也很高昂，不过不像我们桃园机场的车那样的乱。

吃在台北，一说起来就会令许多老饕流涎三尺。大小餐馆林立，各种口味都有，有人说中国的烹饪艺术只有在台湾能保持于不坠。这个说起来话长。目前在台北的厨师，各省籍的都有，而所谓北方的、宁浙的、广东的、四川的等等餐馆掌勺的人，一大部分未必是师承有自的行家，很可能是略窥门径的二把刀。点一个辣子鸡、醋熘鱼、红烧鲍鱼、回锅肉……立刻就可以品出其中含有多少家乡风味。也许是限于调货，手艺不便施展。例如烤鸭，就没有一家能够水准，因为根本没有那种适宜于烤的鸭。大家思乡嘴馋，依稀仿佛之中觉得聊胜于无而已。整桌的酒席，内容丰盛近于奢靡，可置不论。平民食物，事关大众，才是我们所最关心的。台北的小吃店大排档常有物美价廉的各地食物。一般而论，人民食物在质量上尚很充分，唯在营养、卫生方面则尚有待改进。一般的厨房炊具、用具、洗涤、储藏，都不够清洁。有人进餐厅，先察看其厕所及厨房，如不满意，回头就走，至少下次不再问津。我每天吃油条烧饼，有人警告我："当心烧饼里有老鼠屎！"我翌日细察，果然不诬，吓得我好久好久不敢尝试，其实看看那桶既浑且黑的洗碗水，也就足以令人趑趄[①]不前了。

美国的食物，全国各地无大差异。常听人讥评美国人文化浅，不会吃。有人初到美国留学，穷得日以罐头充饥，遂以为美国人的食物与狗食无大差异。事实上，有些嬉皮还真是常吃狗食罐头，以表示其箪食瓢饮[②]的风度。美国人不善烹调，也是事实，不过以他们的聪明才智，如肯下功夫于调和鼎鼐，恐亦未必逊于其他国家。他们的生活紧张，凡事讲究快速和效率，普通工作的人，午餐时间由半小时至一小时，我没听说过身心健全的人还有所谓午睡。他们的吃食简单，他们也有类似便当的食盒，但是我没听说过蒸热便当再吃。他们的平民食物是汉堡三明治、热狗、炸鸡、炸鱼、比萨等等，价廉而快速简便，随身有五指钢叉，吃过抹抹嘴就行了，说起汉堡三明治，我们台北也有，但是偷工减料，相形见绌。麦唐奴[③]的大型汉堡，里面油多肉多菜多，厚厚实实，拿在手里滚热，吃在口里喷香。

① 趑趄（zī jū）：形容犹豫畏缩不敢前进。
② 箪（dān）食瓢饮：出自《论语·雍也》中，多用于形容读书人安于贫穷的清高生活。
③ 麦唐奴：即麦当劳。

我吃过两次赫尔飞的咸肉汉堡三明治，体形更大，双层肉饼，再加上几条部分透明的咸肉、番茄、洋葱、沙拉酱，需要把嘴张大到最大限度方能一口咬下去。西市滨海，蛤王、蟹王，各种鱼、虾，以及江瑶柱等等，无不鲜美。台北有蚵仔煎，西市有蚵羹，差可媲美。堪塔基①炸鸡，面糊有秘方，台北仿制像是东施效颦一无是处。西市餐馆不分大小，经常接受清洁检查，经常有公开处罚勒令改进之事，值得令人喝彩，卫生行政人员显然不是尸位素餐之辈。

台北的牛排馆不少，但是求其不像是皮鞋底而能咀嚼下咽者并不多觏②。西市的牛排大致软韧合度而含汁浆。居民几乎家家后院有烤肉的设备，时常一家烤肉三家香，不必一定要到海滨、山上去燔炙，这种风味不是家居台北者所能领略。

西雅图地广人稀，历史短而规模大，住宅区和商业区有相当距离。五十多万人口，就有好几十处公园。市政府与华盛顿大学共有的植物园就在市中心区，真所谓闹中取静，尤为难得可贵。海滨的几处公园，有沙滩，可以掘蛤，可以捞海带，可以观赏海鸥飞翔，渔舟点点。义勇兵公园里有艺术馆（门前

① 堪塔基：即肯德基。
② 觏（gòu）：意为遇见。

立着的石兽翁仲[①]是从中国搬去的），有温室（内有台湾的兰花）。到处都有原始森林保存剩下的参天古木。西市是美国西北部荒野边陲开辟出来的一个现代都市。我们的台北是一个古老的城市，突然繁荣发展，以致到处有张皇失措的现象。房地价格在西市以上。楼上住宅，楼下可能是乌烟瘴气的汽车修理厂，或是铁工厂，或是洗衣店。横七竖八的市招令人眼花缭乱。

大街道上摊贩云集，是台北的一景，其实这也是古老传统“市集”的遗风。古时日中为市，我们是入夜摆摊。警察来则哄然而逃，警察去则蜂然复聚。买卖双方怡然称便。有几条街的摊贩已成定型，各有专营的行当，好像没有人取缔。最近，一些学生也参加了行列，声势益发浩大。西市没有摊贩之说，人穷急了抢银行，谁肯博此蝇头之利？不过海滨也有一个少数民族麇集的摊贩市场，卖鱼鲜、菜蔬、杂货之类，还不时地有些大胡子青年弹吉他唱曲，在那里助兴讨钱。有一回我在那里的街头徘徊，突闻一缕异香袭人，发现街角有推车小贩，卖糖炒栗子，要二角五分一颗，他是意大利人。这和我们台北沿街贩卖烤白薯的情形颇为近似。也曾看见过推车子卖油炸圈饼的。夏季，住宅区内偶有三轮汽车叮当铃响地缓缓而行，逗孩

① 石兽翁仲：指古代帝王或大臣墓前的石兽和石人像。

子们从家门飞奔出来买冰淇淋。除此以外，住宅区一片寂静，巷内少人行，门前车马稀，没听过汽车喇叭响，哪有我们台北热闹？

西市盛产木材，一般房屋都是木造的，木料很坚实，围墙栅栏也是木造的居多。一般住家都是平房，高楼公寓并不多见。这和我们的四层公寓、七层大厦的景况不同。因此，家家都有前庭后院，家家都割草莳花，而很难得一见有人在阳光下晒晾衣服。讲到衣服，美国人很不讲究，大概只有银行职员、政府官吏，公司店伙才整套西装打领结。如果遇到一个中国人服装整齐，大概可以料想他是刚从台湾来。从前大学校园里，教授的特殊标志是打领结，现亦不复然，也常是随随便便的一副褦襶相。所谓“汽车房旧物发卖”或“慈善性义卖”之类，有时候五角钱可以买到一件外套，一元钱可以买到一身西装，还相当不错。

西市的垃圾处理是由一家民营公司承办。每星期固定一日有汽车挨户收取，这汽车是密闭的，没有我们台北垃圾车之“少女的祈祷”的乐声，司机一声不响跳下车来把各家门前的垃圾桶扛在肩上往车里一丢，里面的机关发动就把垃圾辗碎了。在台北，一辆垃圾车配有好几位工人，大家一面忙着搬运一面忙着做垃圾分类的工作，塑胶袋放在一堆，玻璃瓶又是一堆，厚纸箱又是一堆。最无用的垃圾运到较偏僻的地方摊堆开来，还有人做第二梯次的爬梳工作。

西市的人喜欢户外生活，我们台北的人好像是偏爱室内的游戏。西市湖滨的游艇蚁聚，好多汽车顶上驮着机船满街跑。到处有人清晨慢跑，风雨无阻。滑雪、爬山、露营，青年人趋之若鹜。山难之事似乎不大听说。

不知是谁造了“月亮外国的圆”这样一句俏皮的反语，挖苦盲目崇洋的人。偏偏又有人喜欢搬出杜工部的一句诗“月是故乡圆”，这就有点画蛇添足了。何况杜诗原意也不是说故乡的月亮比异地的圆，只是说遥想故乡此刻也是月圆之时而已。我所描写的双城，瑕瑜互见，也许揭了自己的疮疤，长了他人的志气，也许没有违反见贤思齐闻过则喜的道理，唯读者谅之。

中年

钟表上的时针是在慢慢地移动着的，移动得如此之慢，使你几乎不感觉到它的移动，人的年纪也是这样的，一年又一年，总有一天你会蓦然一惊，已经到了中年，到这时候大概有两件事使你不能不注意。讣闻不断地来，有些性急的朋友已经先走一步，很煞风景，同时又会忽然觉得一大批一大批的青年小伙子在眼前出现，从前也不知是在什么地方藏着的，如今一齐在你眼前摇晃，磕头碰脑的尽是些昂然阔步满面春风的角色，都像是要去吃喜酒的样子。自己的伙伴一个个地都入蛰了，把世界交给了青年人。所谓“耳畔频闻故人死，眼前但见少年多”①，正是一般人中年的写照。

从前杂志背面常有“韦廉士红色补丸”的广告，画着一个憔悴的人，弓着身子，手拊在腰上，旁边注着“图中寓意”

① 出自唐代诗人白居易的七律《悲歌》。

四字。那寓意对于青年人是相当深奥的。可是这幅图画却常在一般中年人的脑里涌现，虽然他不一定想吃“红色补丸”，那点寓意他是明白的了。一根黄松的柱子，都有弯曲倾斜的时候，何况是二十六块碎骨头拼凑成的一条脊椎？年轻人没有不好照镜子的，在店铺的大玻璃窗前照一下都是好的，总觉得大致上还有几分姿色。这顾影自怜的习惯逐渐消失，以至于有一天偶然揽镜，突然发现额上刻了横纹，那线条是显明而有力，像是吴道子的“莼菜描”，心想那是抬头纹，可是低头也还是那样，再一细看头顶上的头发有搬家到腮旁颔下的趋势，而最令人触目惊心的是，鬓角上发现几根白发，这一惊非同小可，平素一毛不拔的人到这时候也不免要狠心地把它拔去，拔毛连茹①，头发根上还许带着一颗鲜亮的肉珠。但是没有用，岁月不饶人！

一般的女人到了中年，更着急。哪个年轻女子不是饱满丰润得像一颗牛奶葡萄，一弹就破的样子？哪个年轻女子不是玲珑矫健得像一只燕子，跳动得那么轻灵？到了中年，全变了。曲线还存在，但满不是那么回事，该凹入的部分变成了凸出，该凸出的部分变成了凹入，牛奶葡萄要变成为金丝蜜枣，燕子要变鹌鹑。最暴露在外面的是一张脸，从“鱼尾”起皱纹撒出

① 拔毛连茹：化用成语“拔茅连茹”。茹指植物的地下部分的真根、球根、块根或其他变茎。本文中意为拔掉头发连着根。

一面网，纵横辐辏，疏而不漏，把脸逐渐织成一幅铁路线最发达的地图，脸上的皱纹已经不是熨斗所能烫得平的，同时也不知怎么在皱纹之外还常常加上那么多的苍蝇屎，所以脂粉不可少。除非粪土之墙，没有不可圬的道理。在原有的一张脸上再罩上一张脸，本是最简便的事。不过在上妆之前下妆之后，容易令人联想起《聊斋志异》的那一篇《画皮》而已。女人的肉好像最禁不起地心的吸力，一到中年便一齐松懈下来往下堆摊，成堆的肉挂在脸上，挂在腰边，挂在踝际。听说有许多西洋女子用擀面杖似的一根棒子早晚浑身乱搓，希望把浮肿的肉压得结实一点；又有些人干脆忌食脂肪忌食淀粉，扎紧裤带，活生生地把自己"饿"回青春去。有多少效果，我不知道。

别以为人到中年，就算完事。不。譬如登临，人到中年像是攀跻到了最高峰，回头看看，一串串的小伙子正在"头也不回呀，汗也不揩"地往上爬。再仔细看看，路上有好多块绊脚石，曾把自己磕碰得鼻青脸肿，有好多处陷阱，使自己做了若干年的井底之蛙。回想从前，自己做过扑灯蛾，惹火焚身，自己做过撞窗户纸的苍蝇，一心愿奔光明，结果落在粘苍蝇的胶纸上！这种种景象的观察，只有站在最高峰上才有可能。向前看，前面是下坡路，好走得多。

施耐庵《水浒序》云："人生三十未娶，不应再娶；四十未仕，不应再仕。"其实"娶""仕"都是小事，不娶不仕也罢，只是这种说法有点中途弃权的意味。西谚云："人的生活在四十开始。"好像四十以前，不过是几出配戏，好戏都在后面。我想这与健康有关。吃窝头米糕长大的人，拖到中年就算不易，生命力已经蒸发殆尽，这样的人焉能再娶？何必再仕？服"维他赐保命"都嫌来不及了。我看见过一些得天独厚的男男女女，年轻的时候愣头愣脑的，浓眉大眼，生僵挺硬，像是一些又青又涩的毛桃子，上面还带着挺长的一层毛。他们是未经琢磨过的璞石。可是到了中年，他们变得润泽了，容光焕发，脚底下像是有了弹簧，一看就知道是内容充实的。他们的生活像是在饮窖藏多年的陈酿，浓而芳洌！对于他们，中年没有悲哀。

四十开始生活，不算晚，问题在"生活"二字如何诠释。如果年届不惑，再学习溜冰踢毽子放风筝，"偷闲学少年"，那自然有如秋行春令，有点勉强。半老徐娘，留着"刘海"，躲在茅房里穿高跟鞋当作踩高跷般的练习走路，那也是惨事。中年的妙趣，在于相当地认识人生，认识自己，从而做自己所能做的事，享受自己所能享受的生活。科班的童伶宜于唱全本的大武戏，中年的演员才能担得起大出的轴子戏，只因他到中年才能真懂得戏的内容。

老年

时间走得很停匀，说快不快，说慢不慢。不知从什么时候起在宴会中总是有人簇拥着你登上座，你自然明白这是离入祠堂之日已不太远。上下台阶的时候常有人在你肘腋处狠狠地搀扶一把，这是提醒你，你已到达了杖乡杖国[①]的高龄，怕你一跤跌下去，摔成好几截。黄口小儿一晃的工夫就窜高好多，在你眼前跌跌跖跖地跑来跑去，喊着阿公阿婆，这显然是在催你老。

其实人之老也，不须人家提示。自己照照镜子，也就应该心里有数。乌溜溜毛毵毵的头发哪里去了？由黑而黄，而灰，而斑，而耄耄然，而稀稀落落，而牛山濯濯[②]，活像一只秃鹫。

① “杖乡”指的就是六十岁。所谓“杖乡”，其实就是“杖于乡”。在一个乡村里拄着拐杖的人，往往就是一个颇有威望的老者，所以把“杖乡”指代为六十岁。同样的道理，五十岁是“杖家”，七十岁是“杖国”，八十岁是“杖朝”。

② 牛山濯濯：濯濯：光秃，无草木的样子。牛山上光秃秃的。常用于诙谐地表达“秃头”。

瓠犀一般的牙齿哪里去了？不是熏得焦黄，就是裂着罅隙，再不就是露出七零八落的豁口。脸上的肉七棱八瓣，而且还平添无数雀斑，有时排列有序如星座，这个像大熊，那个像天蝎。下巴颏儿底下的垂肉变成了空口袋，捏着一揪，两层松皮久久不能恢复原状。两道浓眉之间有毫毛秀出，像是麦芒，又像是兔须。眼睛无端淌泪，有时眼角上还会分泌出一堆堆的桃胶凝聚在那里。总之，老与丑是不可分的。《尔雅》“黄发、齯齿[①]、鲐背、耇老，寿也。”寿自管寿，丑还是丑。

老的征象还多的是。还没有喝忘川水，就先善忘。文字过目不旋踵就飞到九霄云外，再翻寻有如海底捞针。老友几年不见，觌面说不出他的姓名，只觉得他好生面熟。要办事超过三件以上，需要结绳，又怕忘了哪一个结代表哪一桩事，如果笔之于书，又可能忘记备忘录放在何处。大概是脑髓用得太久，难免漫漶，印象当然模糊。目视茫茫，眼镜整天价戴上又摘下，摘下又戴上。两耳聋聩，无以与乎钟鼓之声，倒也罢了，最难堪是人家说东你说西。齿牙动摇，咀嚼的时候像反刍，而且有时候还需要戴围嘴。至于登高腿软，久坐腰酸，睡一夜浑身关节滞涩，而且睁着大眼睛等天亮，种种现象不一而足。

① 齯齿：老年人牙齿落尽后重生的细齿，古时作为长寿的象征。亦代指老人。

老不必叹，更不必讳。花有开有谢，树有荣有枯。桓温看到他“种柳皆已十围，慨然曰：‘木犹如此，人何以堪！’攀枝执条，泫然流泪。”桓公是一个豪迈的人，似乎不该如此。人吃到老，活到老，经过多少狂风暴雨惊涛骇浪，还能双肩承一喙，俯仰天地间，应该算是幸事。荣启期[①]说：“人生有不见日月不免襁褓者。”所以他行年九十，认为是人生一乐。叹也无用，乐也无妨，生、老、病、死，原是一回事。有人讳言老，算起岁数来斤斤计较按外国算法还是按中国算法，好像从中可以讨到一年便宜。更有人老不歇心，怕以皤皤[②]华首见人，偏要染成黑头。半老徐娘，驻颜无术，乃乞灵于整容郎中化妆师，隆鼻隼，抽脂肪，扫青黛眉，眼睚涂成两个黑窟窿。“物老为妖，人老成精。”人老也就罢了，何苦成精？

老年人该做老年事，冬行春令实是不祥。西塞罗说：“人无论怎样老，总是以为自己还可以再活一年。”是的，这愿望不算太奢。种种方面的人欠欠人，正好及时做个了结。贤者识其大，不贤者识其小，各有各的算盘，大主意自己拿。最低限度，别自寻烦恼，别管人事，别讨人嫌。“有人问莎孚克利斯，

① 荣启期（前571—前474年）：字昌伯，春秋时隐士。对孔子自言得三乐：为人，又为男子，又行年九十。后世常用为知足自乐之典。

② 皤皤：白发貌。形容年老。

年老之后还有没有恋爱的事，他回答得好，‘上天不准！我好容易逃开了那种事，如逃开凶恶的主人一般。’”这是说，老年人不再追求那花前月下的旖旎风光，并不是说老年人就一定如槁木死灰一般的枯寂。人生如游山。年轻的男男女女携着手儿陟彼高冈[①]，沿途有无限的赏心乐事，兴会淋漓，也可能遇到一些挫沮，歧路彷徨，不过等到日云暮矣，互相扶持着走下山冈，却正别有一番情趣。白居易睡觉诗：“老眠早觉常残夜，病力先衰不待年，五欲已销诸念息，世间无境可勾牵。”话是很洒脱，未免凄凉一些。五欲指财、色、名、饮食、睡眠。五欲全销，并非易事，人生总还有可留恋的在。江州司马泪湿青衫之后，不是也还未能忘情于诗酒么？

① 陟彼高冈：登上那高高的乱石坡。出自《诗经》。

退休

退休的制度，我们古已有之。《礼记 · 曲礼》：“大夫七十而致事。”致事就是致仕，言致其所掌之事于君而告老，也就是我们如今所谓的退休。礼，应该遵守，不过也有人觉得未尝不可不遵守。“礼岂为我辈设哉？”尤其是七十的人，随心所欲不逾矩，好像是大可为所欲为。普通七十的人，多少总有些昏聩，不过也有不少得天独厚的幸运儿，耄耋之年依然矍铄，犹能开会剪彩，必欲令其退休，未免有违笃念勋耆[①]之至意。年轻的一辈，劝你们少安毋躁，棒子早晚会交出来，不要抱怨“我在，久压公等”[②]也。

该退休而不退休。这种风气好像我们也是古已有之。白居易有一首诗《不致仕》：

① 笃念勋耆：深刻感念功勋卓著和德高望重的人。

② 出自《新唐书 · 杜审言传》。杜审言临终前对宋之问、武平一说：“然吾在，久压公等。今且死，但恨不见替人也。”是说自己活着的时候，才华和名气压制二人太久了，现在马上要死了，遗憾还没见到能代替自己的人。

七十而致仕，礼法有明文。
何乃贪荣者，斯言如不闻？
可怜八九十，齿堕双眸昏。
朝露贪名利，夕阳忧子孙。
挂冠顾翠緌，悬车惜朱轮。
金章腰不胜，伛偻入君门。
谁不爱富贵？谁不恋君恩？
年高须告老，名遂合退身。
少时共嗤诮，晚年多因循。
贤哉汉二疏，彼独是何人？
寂寞东门路，无人继去尘！

汉朝的疏广及其兄子疏受位至太子太傅少傅，同时致仕，当时的“公卿大夫故人邑子，设祖道供张东都门外，送者车数百辆。辞决而去。道路观者皆曰：‘贤哉二大夫！’或叹息为之下泣。”这就是白居易所谓的“汉二疏”。乞骸骨[①]居然造成这样的轰动，可见这不是常见的事，常见的是“伛偻入君门”的“爱富贵”“恋君恩”的人。白居易“无人继去尘”之叹，也说明了二疏的故事以后没有重演过。

① 乞骸骨：自请退职，意为请求使骸骨归葬故乡，回老家安度晚年。

从前读书人十载寒窗，所指望的就是有一朝能春风得意，纡青拖紫[①]，那时节踌躇满志，纵然案牍劳形[②]，以至于龙钟老朽，仍难免有恋栈之情，谁舍得随随便便地就挂冠悬车？真正老骥伏枥志在千里的人是少而又少的，大部分还不是舍不得放弃那五斗米，千钟禄，万石食？无官一身轻的道理是人人知道的，但是身轻之后，囊橐[③]也跟着要轻，那就诸多不便了。何况一旦投闲置散，一呼百诺的煊赫的声势固然不可复得，甚至于进入了“出无车”的状态，变成了匹夫徒步之士，在街头巷尾低着头逡巡疾走不敢见人，那情形有多么惨。一向由庶务人员自动供应的冬季炭盆所需的白炭，四时陈设的花卉盆景，乃至于琐屑如卫生纸，不消说都要突告来源断绝，那又情何以堪？所以一个人要想致仕，不能不三思，三思之后恐怕还是一动不如一静了。

如今退休制度不限于仕宦一途，坐拥皋比[④]的人到了粉笔屑快要塞满他的气管的时候也要引退。不一定是怕他春风风人[⑤]之际忽然一口气上不来，是要他腾出位子给别人尝尝人之患的滋味。在一般人心目中，冷板凳本来没有什么可留恋的，平素

① 纡青拖紫：比喻地位显贵。

② 案牍劳形：劳累身体，形容公事繁忙，出自唐·刘禹锡《陋室铭》。

③ 囊橐：指行李财物。

④ 皋比：铺设有虎皮的座位。古代将帅军帐、儒师讲堂、文人书斋中每用之。后因称任教为“坐拥皋比”。

⑤ 春风风人：像春天的风一样温暖人。喻教师讲课。

吃不饱饿不死，但是申请退休的人一旦公开表明要撤绛帐[①]，他的亲戚朋友又会一窝蜂地惶惶然，戚戚然，几乎要垂泣而道地劝告说他：“何必退休？你的头发还没有白多少，你的脊背还没有弯，你的两手也不哆嗦，你的两脚也还能走路……”言外之意好像是等到你头发全部雪白，腰弯得像是“？”一样，患上了帕金孙症[②]，走路就地擦，那时候再申请退休也还不迟。是的，是有人到了易箦[③]之际，朋友们才急急忙忙地为他赶办退休手续，生怕公文尚在旅行而他老先生沉不住气，弄到无休可退，那就只好鼎惠恳辞[④]了。更有一些知心的抱有远见的朋友们，会慷慨陈词：“千万不可退休，退休之后的生活是一片空虚，那时候闲居无聊，闷得发慌，终日彷徨，悒悒寡欢……”把退休后生活形容得如此凄凉，不是没有原因的，因为平素上班是以“喝喝茶，签签到，聊聊天，看看报”为主，一旦失去喝茶签到聊天看报的场所，那是会要感觉无比的枯寂的。

理想的退休生活就是真正的退休，完全摆脱赖以糊口的

---

① 绛帐：“绛帐”即“红色帐帏”。东汉儒家学者经学家马融学识高深渊博，常在高堂上设置红色帐帏，为生徒讲授。后就用“绛帐授徒”等指师长设立讲座，传授生徒，多含有尊崇称美之意。

② 帕金孙症：即帕金森症。

③ 易箦：民间习俗，人之将死，需从床上移到草席上，称为易箦。

④ 鼎惠恳辞：恳切辞谢厚重的礼物。其中“鼎惠”意为他人惠赠的重礼。

职务，做自己衷心所愿意做的事。有人八十岁才开始学画，也有人五十岁才开始写小说，都有惊人的成就。“狗永远不会老得到了不能学新把戏的地步。”何以人而不如狗乎？退休不一定要远离尘嚣，遁迹山林，也无须隐藏人海，杜门谢客——一个人真正的退休之后，门前自然车马稀。如果已经退休的人而还偶然被认为有剩余价值，那就苦了。

想我的母亲

父母对子女的爱，子女对父母的爱，是神圣的。我写过一些杂忆的文字，不曾写过我的父母，因为关于这个题目我不敢轻易下笔。小民女士逼我写几句话，辞不获已，谨先略述二三小事以应，然已临文不胜风木之悲。

我的母亲姓沈，杭州人。世居城内上羊市街。我在幼时曾侍母归宁，时外祖母尚在，年近八十。外祖父入学后，没有更进一步的功名，但是课子女读书甚严。我的母亲教导我们读书启蒙，尝说起她小时苦读的情形。她同我的两位舅父一起冬夜读书，冷得腿脚僵冻，取大竹篓一，实以败絮，三个人伸足其中以取暖。我当时听得惕然心惊，遂不敢荒嬉。我的母亲来我家时年甫十八九，以后操持家务尽瘁终身，不复有暇进修。

我同胞兄弟姐妹十一人，母亲的劬育之劳可想而知。我记得我母亲常于百忙之中抽空给我们几个较小的孩子们洗澡。我怕肥皂水流到眼里，我怕痒，总是躲躲闪闪，总是咯咯的笑个不住，母亲没有工夫和我们纠缠，随手一巴掌打在身上，边洗边打边笑。

北方的冬天冷，屋里虽然有火炉，睡时被褥还是凉似铁。尤其是钻进被窝之后，脖子后面透风，冷气顺着脊背吹了进来。我们几个孩子睡一个大炕，头朝外，一排四个被窝。母亲每晚看到我们钻进了被窝，叽叽喳喳地笑语不停，便过来把油灯吹熄，然后给我们一个个地把脖子后面的棉被塞紧，被窝立刻暖和起来，不知不觉地就睡着了。我不知道母亲用的什么手法，只知道她塞棉被带给我无可言说的温暖舒适，我至今想起来还是快乐的，可是那个感受不可复得了。

我从小不喜欢喧闹。祖父母生日照例院里搭台唱傀儡戏或滦州影戏。一过八点我便掉头而去进屋睡觉。母亲得暇便取出一个大簸箩，里面装的是针线剪尺一类的缝纫器材，她要做一下缝缝补补的工作，这时候我总是一声不响地偎在她的身旁，她赶我走我也不走，有时候竟睡着了。母亲说我乖，也说我孤僻。如今想想，一个人能有多少时间可以偎在母亲身旁？

在我的儿时记忆中，我母亲好像是没有时候睡觉。天亮就要起来，给我们梳小辫是一桩大事，一根一根地梳个没完。她自己要梳头，我记得她用一把抿子蘸着刨花水，把头发弄得锃光大亮。然后她要一听上房有动静便急忙前去当差。盖茶碗、燕窝、莲子、点心，都有人预备好了，但是需要她去双手捧着送到祖父母跟前，否则要儿媳妇做什么？在公婆面前，儿媳妇永远是站着的，没有座位的。足足的站几个钟头下来，不是缠足的女人怕也受不了！最苦的是，公婆年纪大，不过午夜不安歇，儿媳妇要跟着熬夜在一旁侍候。她困极了，有时候回到房里来不及脱衣服倒下便睡着了。虽然如此，母亲从来没有说过一句怨言。到了民元前几年，祖父母相继去世，我母亲才稍得清闲，然而主持家政教养儿女也够她劳苦的了。她抽暇隔个几年返回杭州老家去度夏，有好几次都是由我随侍。

母亲爱她的家乡，在北京住了几十年，乡音不能完全改掉。我们常取笑她，例如北京的“京”，她说成“金”，她有时也跟我们学，总是学不好，她自己也觉得好笑。我有时学着说杭州话，她说难听死了，像是门口儿卖笋尖的小贩说的话。

我想一般人都会同意，凡是自己母亲做的菜永远都是最好吃的。我的母亲平常不下厨房，但是她高兴的时候，尤其是父亲亲自到市场买回鱼鲜或其他南货的时候，在父亲特烦之下，她也欣然操起刀俎。这时候我们就有福了。我十四岁离家到清华，每星期回家一天，母亲就特别疼爱我，几乎很少例外地要亲自给我炒一盘冬笋木耳韭菜黄肉丝，起锅时浇一勺花雕酒，这是我最喜欢的一道菜。但是这一盘菜一定要母亲自己炒，别人炒味道就不一样了。

我母亲喜欢在高兴的时候喝几盅酒。冬天午后围炉的时候，她常要我们打电话到长发叫五斤花雕，绿釉瓦罐，口上罩着一张毛边纸，温热了倒在茶杯里和我们共饮。下酒的是大落花生，若是有“抓空儿的”，买些干瘪的花生吃则更有味。我和两位姊姊陪母亲一顿吃完那一罐酒。后来我在四川独居无聊，一斤花生一罐茅台当晚饭，朋友们笑我吃“花酒”，其实是我母亲留下的作风。

我自从入了清华，以后和母亲在一起的时候就少了。抗战前后各有三年和母亲住在一起。母亲晚年喜欢听评剧，最常去的地方是吉祥，因为离家近，打个电话给卖飞票[①]的，总有好的座位。我很后悔，我没能分出时间陪她听戏，只是由我的姊姊弟弟们陪她消遣。

① 飞票：今之黄牛票。

我父亲曾对我说，我们的家所以成为一个家，我们几个孩子所以能成为人，全是靠了我母亲的辛劳维护。三十八年以后，音讯中断，直等到恢复联系，才知道母亲早已弃养[①]，享寿九十岁。西俗，母亲节佩红康乃馨，如不确知母亲是否尚在则佩红白康乃馨各一。如今我只有佩白康乃馨的份了，养生送死，两俱有亏，惨痛惨痛！

① 弃养：父母逝世的婉辞。谓父母死亡，子女不得奉养。亦泛指尊者、长者死亡。